EL ÚLTIMO CICLO

LA SAGA HACIA EL CIELO
LIBRO 6

A.R. KNIGHT

CAPÍTULO 1

DESPERTAR

¿CONOCES esos sueños en los que crees que estarás soñando para siempre? Al principio son lentos, una serie interminable de historias, cada vez menos reales a medida que empiezas a encontrar las fallas.

Destellos de doseles frondosos, mi hogar iluminado se mezclan con lo fantástico. Comparto cenas con Padre y Madre. Cacerías con Malo y Viera a través de densas selvas y húmedas cavernas. Incluso T'Oli, el cremoso Ooblot, me acompaña mientras trepamos por las alcantarillas de un planeta ahora muerto.

Sé que nada de esto es real.

Porque se supone que estoy muerta.

Y sin embargo.

Ya no soy yo misma: esa forma en que te familiarizas con tu cuerpo con el tiempo, una temporada tras otra tocando tus músculos y moviéndote, saltando, pensando. Esas conexiones han desaparecido. Estoy a la deriva en un mar desconocido de hebras. Me proyecto hacia fuera, intentando encontrar partes de mí misma.

Las respuestas llegan lentas. Tentativas. Como flores

que florecen después de las primeras lluvias, cada conexión es hermosa. Frágil.

Una voz que viene de todas partes y de ninguna me dice que se fortalecerán con el tiempo.

La voz hace eco en mis sueños. También cambia. A veces es Malo quien dice las palabras, desviándose de nuestra cacería para explicar por qué no puedo hablar o ver todavía, aunque estoy allí mismo con él en el bosque.

Otras veces, la voz llena un vacío de la nada. Estoy entre identidades, un paréntesis en las historias y llegan palabras de consuelo. Los sonidos de amigos susurrándome deseos, compasión. Cosas a las que me aferro en la oscuridad.

Los nervios tuvieron que ser reparados, me dice la voz mientras deambulo por los páramos de ceniza del lado lejano de la Tierra. Nuevas hebras crecidas y conectadas. Órganos creados usando los limitados ejemplos que existen de la biología humana. No sé de qué está hablando, pero me aferro a lo último que dice la voz: sigo siendo humana.

Cuando veo por primera vez, un fantasma centra mis ojos. Mi amigo. Uno que, la última vez que lo vi, apenas estaba consciente. Acababa de ser liberado de las garras de una criatura tan malvada que le había arrebatado la libertad misma al alma de Malo. Pero allí está, frente a mí, su cabeza cubierta de corto cabello negro, todavía demacrado pero sonriendo de todos modos. Sus hombros muestran el largo arco de tatuajes color ceniza a través de su pecho y brazos mientras se inclina sobre mí. Mientras acaricia mi frente.

—Emperatriz —dice Malo y su voz es lenta, suave, como si estuviera hecha de cristal que pudiera romperse si hablara demasiado fuerte—. Bienvenida de vuelta.

La bienvenida viene con una avalancha. Primero me saluda Malo y luego un desfile de otros, la mayoría directamente de mis sueños. Una Viera saludable, aunque todavía lleva un vendaje alrededor de la cabeza. Lan, la Oratus de escamas esmeralda que mantiene sus cuatro garras juntas y la cabeza inclinada, quien ofrece su agradecimiento en un bajo siseo. Por último, con Malo aún a mi lado, llega la enorme figura de Kolas, comandante de la fuerza Vincere dedicada a la exterminación de los enemigos de la galaxia.

Con cada uno de ellos llegan fragmentos y piezas de la historia que me llevó desde el final de la Guerra Sevora hasta una larga y ancha cama de esponja roja en el crucero de Kolas, el *Nunilite*.

Malo y T'Oli habían llegado al muelle de atraque en la nave semilla. Ignos, el Sevora que en un momento había estado dentro de mí y que, de vuelta en la nave semilla, había estado tan decidido a regresar a su posición de poder, había dejado la lanzadera en la que llegamos sin defender. T'Oli y Malo tomaron la nave, despegaron e hicieron el salto de vuelta a Vimelia, el mundo natal de los Sevora donde Kolas y su flota todavía estaban limpiando los restos de su enemigo.

Kolas regresó con ellos, y una nave semilla dejada vacía por los esfuerzos de Viera y míos no presentó mayor problema. Finalmente, un equipo de ataque Vincere cortó hasta el centro y me encontró.

—Estabas muerta —dice Malo.

—En realidad —interrumpe T'Oli, que se ha deslizado por el costado de Malo y descansa sobre sus hombros, con ambos tallos oculares oscilando hacia mí—, estaba en el estado llamado coma. Una parálisis vital. No realmente muerta, pero tampoco realmente viva. Fallo catastrófico de varios órganos. Habría muerto, sin embargo...

—Ya lo entiende —le dice Malo a la masa, luego me mira —. Te reconstruimos.

Intento preguntar qué significa eso, pero mi voz no

funciona. No todavía, al menos. Pero mis manos sí, y cuando reciben el mensaje, escribo las palabras. Las preguntas.

Resulta que hay una ventaja en ser una especie creada por experimentación. Una ventaja en ser diseñada por otro. Kolas tiene un Amigga con su flota. Uno que es capaz de acceder a los registros secretos de la existencia humana. Uno capaz de descubrir cómo funciono y, con esa información, reconstruirme. El Amigga tejió nuevos órganos, nuevos nervios y células desde depósitos de material biológico y me reconstruyó. Mientras escucho todo esto, solo puedo pensar en lo que Ignos me dijo cuando primero atravesó el cielo y tomó residencia en mi mente: *Te traeré milagros.*

—Kolas dice que pronto saltaremos al Coro —dice Malo algo más tarde; estoy entrando y saliendo de la consciencia, y como dice T'Oli, el tiempo tiene poco significado real en el espacio. No hay días, ni estaciones, solo Ciclos; eventos importantes que marcan el paso de las eras. A pesar de esa inquietante descripción, sé que Malo apenas se ha apartado de mi lado. Solo cuando le ordeno que duerma se va—. Aparentemente quieren que seas la emisaria de la humanidad —Malo me muestra una sonrisa—. No puedo pensar en nadie mejor.

—No quiero —logro decir; mi voz está volviendo a intervalos, lo que me dicen es el resultado de nuevos músculos. Unos que necesitan crecer y entrenarse. Tampoco podré correr lejos por un tiempo, ni respirar muy fuerte, ni comer demasiado. Todo resultado de órganos aprendiendo su lugar en un nuevo cuerpo.

—No creo que tengas opción —Hay verdadera tristeza en los ojos de Malo—. Desearía que la tuvieras. Desearía que pudiéramos simplemente volver a casa. Pero Kolas dice que nos necesitan ahora.

—¿Por qué?

—Al parecer, necesitamos demostrarle al Coro que pueden confiar en nosotros. Necesitamos levantarnos y proclamar nuestra lealtad hacia ellos.

—¿Por qué? Ya sé que acabo de preguntar, pero ¿qué necesita el Coro de nosotros?

Malo niega con la cabeza. —Kolas no me lo quiso decir. Solo dijo que, como le debes tu vida al Coro, debes hacer esto.

Cierro los ojos por un momento. La última vez que le debí un favor a un Amigga, la última vez que tuve que hacer lo que un Amigga dijo, casi me destroza por completo. Dalachite, en otra estación espacial hace una eternidad, amenazó con usarme como proyecto para su propia investigación. Involucrarse con los Amigga es una forma rápida de morir, o algo peor. ¿Por qué debería ayudarlos ahora? ¿Mi vida o no?

—Kolas también me dijo —continúa Malo, y ahora su voz es aún más triste, como si no solo lo que está diciendo fuera trágico, sino feo y desagradable. Exponiendo una debilidad en sí mismo—. Destruirán la Tierra, Kaishi. Si no le damos al Coro lo que quieren, enviarán a los Vincere para completar lo que intentaron antes.

Eso se parece más al Amigga que conozco. Mostrarse generoso y sellar el trato con una amenaza.

Bueno, he visto cosas peores.

Como si esperara a que Malo terminara de preparar el escenario para mi nueva vida, la puerta de mi habitación se abre con un susurro revelando a alguien nuevo. El Amigga. A diferencia de Dalachite, el que dirigía el *Cobalt*, o Sapphrite, el líder del Amanecer de la Claridad y la resistencia bajo la superficie de Vimelia, este es diferente. Es más pequeño, de un saludable color gris azulado que no hace nada para detener la inquietante sensación en mi estómago mientras miro una esfera sin ojos, sin brazos. Está envuelto en una funda translúcida, con el más leve toque de amarillo en los bordes. El Amigga flota sobre un conjunto de micropropulsores alrededor de la base y los costados. No tiene brazos mecánicos, pero hay extraños círculos picados espaciados uniformemente a lo largo de una franja alrededor del traje del Amigga.

—Interfaces —dice el Amigga al notar que lo observo, mientras flota dentro de la habitación—. Acércame a un dispositivo y puedo interactuar. Formar una conexión y controlar. Útil en las naves, cuando los métodos más rudimentarios de brazos y piernas metálicos tienen menos valor.

Parpadeo mirando al Amigga desde mi cama esponjosa, y noto a Malo sentado rígidamente. A ninguno de los dos nos gustan los Amigga. Ninguno de nosotros disfruta la presencia de la criatura, pero me trago mi desagrado. Me pongo la corona, no una real, por supuesto, sino la que debo usar en todo momento, ya sea que esté en mi palacio o entre mi gente. Como Malo y Viera me han dicho: el título de *Emperatriz* no es algo que se pueda usar a voluntad, sino que debe ser asumido y vivido para siempre.

—Me dijeron que me salvaste —digo. Mi voz se está fortaleciendo ahora. Tiene el volumen, si no el matiz, de cómo solía sonar—. Gracias.

El Amigga se acerca flotando y Malo se tensa, como si fuera a levantarse y golpearlo. Quiero extender la mano y tocarlo, decirle a Malo que no, que no se preocupe. No creo que el Amigga esté aquí para matarme. Ni siquiera sé si podría.

—Me alegró hacerlo. En parte porque ningún Amigga ha ayudado a un humano antes, y las nuevas especies inteligentes son tan raras. Un primer logro científico, con el cual mi nombre estará asociado para siempre. —Es difícil saber dónde mirar cuando el Amigga habla. No hay ojos, ni boca en la que enfocarse. Las palabras provienen del traje de la criatura, de altavoces que hacen que el discurso reverbere por la pequeña habitación—. Mi nombre es Ferrolite. Soy el Amigga líder asignado a esta flota. Es mi trabajo asegurar que Kolas y sus fuerzas cumplan las exigencias del Coro. También es mi trabajo asegurarme de preservar aquellas cosas de interés para la galaxia. Como tú.

—Ahora quieres algo a cambio.

El Amigga no tiene capacidad, que yo pueda notar, de mostrar sorpresa, conmoción o decepción. No hay emociones que leer y como su voz viene a través de un sintetizador mecánico, carece de los tonos emocionales que un humano podría transmitir. Como tal, con Ferrolite flotando ante mí, no tengo idea si el Amigga está feliz o triste de que vaya directamente al asunto. Pero estoy cansada, y si alguien va a pedirme algo, prefiero saberlo y terminar con ello.

—Humana, Kaishi, la galaxia funciona sobre un marco estable de especies que trabajan bajo el Coro para vivir vidas fructíferas y felices. Daríamos la bienvenida a la humanidad dentro de nuestra comunidad. Pero cada especie necesita un embajador, cada especie necesita alguien que la lleve al escenario galáctico. Después de lo que has hecho, no puedo pensar en nadie mejor.

—¿Porque destruí una nave Sevora?

—Porque demostraste las cosas que la civilización valora —dice Ferrolite—. Eres valiente, corajuda, inteligente y amable. Lan me contó cómo intentaste rescatarla a ella y a su pareja, en lugar de escapar y salvarte a ti misma. Kolas me contó cómo lo diste todo para recuperar a este de aquí en la Vimelia. Estos son rasgos loables. Son valorados. El Coro siempre busca mejorar la composición de la galaxia y si la humanidad es un reflejo de ti, entonces tu especie sería muy apreciada.

Es difícil no apreciar las palabras del Amigga. Difícil no sentir un leve rubor de orgullo, de vergüenza por ser señalada así por algo que pensé que era simplemente lo correcto. Sin embargo, aquí estoy, lista para más. Creo que es porque, habiendo pasado tanto tiempo, a través de tantos lugares, no ha habido ningún reconocimiento externo de lo que hemos hecho. Mis luchas han sido apartadas del mundo que amo, mayormente apartadas de mi especie. Finalmente, aquí, mientras me arrastro de vuelta de la muerte, soy reconocida.

—¿Lo harás? —Ferrolite llega a la pregunta—. ¿Añadirás la voz de la humanidad al Coro?

No me gusta el Amigga, no confío en Ferrolite, pero puedo entender sus motivaciones. Puedo simpatizar con sus objetivos; los Sevora se han ido, la galaxia está al borde de la paz y la prosperidad. Cualquier Emperatriz querría llevar a su gente a ese oasis. Tengo que pensar en todos, no solo en mí misma.

—Serviré —digo—. La humanidad se unirá a vuestra galaxia.

Si hay alguna felicitación por haber prometido que la humanidad jugará su papel, Ferrolite no la da. No estalla ninguna fanfarria por los altavoces, no aparecen bebidas ni festines. El Amigga solo emite el más breve sonido de aprobación, luego flota alejándose como si lo único que hubiera aceptado fuera un momento de paz.

—¿Confías en esa cosa? —dice Malo.

—No tengo elección, ¿verdad? —respondo—. Ferrolite me reconstruyó. Sin él, no estaría aquí.

—Esa fue su elección, esta es la tuya.

—¿Entonces qué debería decir, Malo? —Miro a mi guerrero, recostado en mi cama—. ¿Qué debería decirle a

Avril, o a todos los refugiados de Damantum cuando el Coro los declare una amenaza y ahora, en lugar de Sevora asustados, nos enfrentemos a un ejército Oratus descendiendo sobre la Tierra?

Malo se recuesta contra la pared de la habitación. Mira fijamente la nada en la pared opuesta. —Acabo de encontrar la libertad. No quiero perderla otra vez. No todavía.

—No la perderemos —digo, aunque no estoy segura. Otra promesa hecha en la oscuridad—. Haré que nos respeten.

Malo ríe, y su ladrido hueco me hiere. —Kaishi, éramos peones de los Sevora, y ahora no somos diferentes. El Coro no necesita respetarnos porque no somos una amenaza y no tenemos nada que ofrecerles.

—Eso no es cierto. Ellos nos crearon, ¿recuerdas? Un Amigga nos construyó, nos creó porque querían algo mejor. El Coro sabe que somos valiosos.

Esas palabras aplacan un poco a Malo; ofrece un asentimiento sin entusiasmo. Luego baja la mirada hacia los tatuajes en su pecho. —Todos estos son mentiras, ¿sabes?

—¿Mentiras?

—Ignos no nos creó. Los Amigga lo hicieron. Todos los dioses, toda nuestra sociedad está basada en mentiras.

—Ahora estás siendo pesimista —contraataco—. No sabes si nuestro Ignos tuvo algo que ver en nuestra creación o no, e incluso si los dioses no controlaban nada directamente, la idea de ellos nos ayudó a sobrevivir. Ayudó a nuestra gente a crecer, amar y aprender.

—¿Y cuando el Coro llegue y empiece a decirle a cada humano que son un producto de los Amigga? ¿Como los cultivos que crecemos en nuestros campos?

Esa es una pregunta más difícil de responder. No sé cómo lo tomarían los míos, los Charre adoradores de Ignos.

Avril y sus duros y lógicos Lunare bajo las montañas podrían asimilar el descubrimiento sin problemas, pero la sociedad en la que yo vivía... ¿resistiría tal revelación?

—Todavía es un secreto, ¿verdad? —digo—. No necesitamos decírselo a nadie. No tiene sentido hacerlo.

—El Coro lo hará.

—No todos ellos lo saben —respondo—. No creo que Ferrolite lo sepa; dijo que somos una nueva especie.

—¿Entonces mantenemos esto en secreto, por ahora?

—Cuando el Coro llegue a la Tierra, habrá suficientes cambios. No creo que necesitemos dudar de nuestros dioses al mismo tiempo —digo, deseando tanto mantener los rituales, los dichos y las creencias que he tenido desde mi inicio como evitar que mi gente se desmorone.

Continuamos así, discutiendo, jugando con nuestro pasado como si fuera algo que se puede elegir o descartar según nuestros caprichos. Hasta que mi propio cuerpo me alcanza y empiezo a perder palabras, a cerrar los ojos, y Malo hace lo correcto y me deja reclamar la victoria al caer en un sueño profundo, muy profundo.

CUATRO DE ELLOS, un grupo completo y el terror de los peores enemigos del Coro. Enviados a través de la galaxia en más misiones de las que Sax puede recordar, cada una un vertiginoso conjunto de objetivos, ataques y despiadadas masacres de especies que se atrevieron a desafiar el mandato de los gobernantes de la galaxia. Cada una de esas misiones se reproduce, arrastrando a Sax a través de una vida vivida al borde de la cordura durante mucho más tiempo del que tenía derecho a esperar.

Las naves espaciales se estrellan, los mineros fallan, o una emboscada sorprende a un par desprevenido. Hay un millón de formas en que un Oratus puede morir en esta galaxia, y la mayoría no vive mucho tiempo para contarlo. Sin embargo, Sax ha visto lo suficiente para aprender que su forma de vida está equivocada. O, al menos, está al servicio de algo equivocado. De la especie equivocada.

Estar a solas con sus pensamientos es lo peor que Sax puede imaginar. Bueno, no lo *peor*, porque donde está ahora, recluido en una celda tipo tanque de contención, con un aro de luz blanca arriba como única compañía, supera lo horrible de su imaginación con el afilado cuchillo de la soledad. No es que a Sax le moleste estar solo —lo prefiere a la mayoría de las compañías—, pero estas paredes estrechas, formando un cuadrado alrededor del gran Oratus, comprimen su ser hasta que Sax es invadido por el impulso imposible de

¡SALIR!

El rugido sibilante no va a ninguna parte. Rebota por la jaula, hace que Sax se hastíe de su propia voz. Aun así, se siente bien gritar, hacer algo. Extiende su garra delantera, pasándola por los lados cromados de su celda. No hay suficiente espacio para que Sax extienda completamente su brazo, así que el golpe, cuando lo da, es desordenado y torpe. Aun así, la fuerza de un Oratus debería ser suficiente para dejar una marca.

Las paredes permanecen inmaculadas. Muestran el reflejo distorsionado de Sax aureolado por la luz de arriba. Cuatro brazos con manos garradas, aunque sus cuchillas ya no son las originales orgánicas. Sus garras brillan como las paredes, como los parches de sus escamas grises, algunas arrancadas y reemplazadas con placas metálicas. Cirugías que ocultan las cicatrices de su casi muerte y dan evidencia de la misma. La cola de Sax se enrolla alrededor de sus garras en cuclillas, con la punta temblando ocasionalmente como escape para los nervios deshechos y frustrados.

Te entregaste por ellos.

Ese es el pensamiento que sigue regresando. Calma a Sax, abre una puerta mental hacia su par y lo que Bas podría estar haciendo. Sax no es muy dado a la fantasía, a los sueños más allá de lo que puede ver y matar, pero aquí no tiene mucha opción, así que cuando sus corazones se ralentizan, Sax se pregunta.

Con el Cavignum, la gran central energética del planeta

Aspicis y la fuente de energía de su prisión actual, comprometido, existe la posibilidad de que ahora mismo Bas esté lanzando un ataque contra el Meridia, donde Sax está atrapado. Evva, una Oratus más vieja y grande y la líder de la fuerza a la que tanto Sax como Bas se unieron, estaría ejecutando su plan, lanzando sus fuerzas en un asalto que podría cambiar toda la civilización.

El ataque probablemente conseguirá que todos mueran y no cambiará nada en absoluto, pero Sax no puede adoptar esa postura. Ha sido criado para no fallar, para no considerar la derrota una vez que comienza una misión. Debe luchar hasta el final, siempre esforzándose por el objetivo. Antes, el Coro dictaba ese objetivo, y Sax, como miembro del Vincere, ejecutaba las órdenes sin pensar en el propósito más amplio de una misión o su efecto en la galaxia en general.

Ahora Sax se centra en su par. Las facciones cambian, los mundos y las estaciones espaciales se intercambian entre sí, pero solo hay un par.

Tiene que salir de aquí. Por Bas.

Como si oyera sus pensamientos, hay un ligero chasquido y una serie de silbidos desde arriba mientras los cerrojos que sellan a Sax en el interior se descomprimen y la escotilla, la única salida de esta habitación, se abre hacia arriba. Sax mira, sin saber qué esperar, y la luz brillante lo mantiene cegado. Sus conductos, las ranuras en el largo torso de Sax que alimentan sus hambrientos músculos con aire, captan los olores de vida. Hay criaturas arriba, y no huelen a suciedad, a sudor y servicio. Oficiales de alto rango, entonces, que vienen a curiosear a su prisionero.

El resplandor blanco cambia a un tono cerúleo, el color del cielo de Aspicis, y una banda de bajo brillo alrededor de la cintura de Sax cambia para igualar. Mientras lo hace, las placas metálicas y garras de Sax también tiran, un cambio en su gravedad localizada que envía a Sax flotando desde el suelo hacia la abertura en la parte superior. Sax es un monstruo torpe, y tiene que ayudar al anillo a llevar su cuerpo a través de la escotilla, pero con arañazos y contorsiones, el Oratus logra pasar.

La mayoría de los niveles del Meridia son altos, de cuatro o cinco metros para permitir la variedad de especies, incluidos los Oratus que marchan por sus pasillos, y este nivel es el doble para dar cabida a los prisioneros. Sax emerge de su celda a un espacio negro y rojo, este último color seccionando las diversas celdas sobre las que Sax ahora flota. La mayoría están oscuras, pero algunas, como la suya, tienen un halo blanco azulado alrededor de la parte superior.

Sin embargo, la vista de Sax de las otras celdas desaparece rápidamente cuando las paredes de sellado se elevan para aislarlo del resto del nivel. Prevención de escape, interrogatorios privados, todo tipo de actos perversos serían posibles sin ojos curiosos. Las paredes son la misma baldosa negra y brillante utilizada en todas partes, y Sax apuesta a que el Amigga puede hacer correr corriente a través de esas baldosas para aturdir o matar a cualquiera lo bastante estúpido como para intentar escapar.

La primera prioridad en un espacio nuevo y hostil es la identificación del objetivo, seguida de la eliminación del objetivo. Sax calcula que su muerte es inminente, y hacer que esa muerte sea costosa es la mejor jugada que tiene.

El anillo alrededor de su cintura mantiene a Sax en movimiento hasta que está más cerca del techo del nivel, lo que deja sus garras a un metro del suelo. Sin punto de apoyo, todo lo que Sax puede hacer es agitar su cola, y cuando ve su objetivo, se detiene. Un solo latigazo de cola no va a hacer mucho contra el Oratus espejado que espera con un minero preparado y listo para ejecutarlo al instante.

—Ya te vencí una vez, ¿no es así? —sisea Sax al Oratus, cuyas escamas se mezclarían más completamente con la luz, pero cuyas cicatrices recientes dejan largas líneas rojizas y rosadas a través de su recubrimiento reflectante.

Sax le dio esas cicatrices a Kah, y siempre es divertido recordarles a tus enemigos que ganaste. Sax iría incluso más lejos, recordándole a Kah cada golpe devastador propinado fuera de la estación del tren mag-lev en las junglas de enredaderas de Aspicis, pero parece un desperdicio de energía. Kah no vale la pena.

—¿Es por eso que estás flotando en nuestra prisión? —sisea Kah en respuesta.

—Me entregué voluntariamente.

—A nadie le importa —dice Kah, pero hay un suspiro que silba a través de sus conductos—. Pero como te rendiste una vez, tal vez consideres hacerlo de nuevo.

Un trato. Esto no sería idea de Kah, entonces. Ningún Oratus de tres letras haría un trato con un cautivo. Mejor eliminar la amenaza y seguir adelante con otras cosas, especialmente cuando esa amenaza es Sax, quien, dada cualquier libertad, tomará toda medida posible de venganza.

—Habla —sisea Sax.

—Iba a hacerlo —responde Kah—. No tienes ningún derecho a darme órdenes aquí.

—Te han mantenido encerrado aquí demasiado tiempo. Ya no sabes cómo amenazar apropiadamente.

—No necesito amenazarte —Kah hace un gesto con el minero, como si el arma fuera a hacer su trabajo por él.

—Si solo vas a agitar ese minero, al menos dame un Flaum para rasguñar. Llevo demasiado tiempo sin una comida real.

Kah le responde a Sax con una risa siseante. —Tu pareja y esa masa de presas se están preparando para lanzar un ataque contra la Meridia. Van a perder.

Las palabras despejan la niebla de Sax. No sabía si el ataque había comenzado ya, si Bas y los otros habían logrado liberarse del Cavignum después de la jugada de Sax. Kah acababa de confirmar ambas cosas. Sax espera que una sonrisa afilada que no puede reprimir no lo delate.

Kah, sin embargo, no lo está mirando. En cambio, el Oratus está mirando más allá a través del nivel. Kah está mirando a través del único lado de la celda cuadrada que no se elevó, y aunque Sax no tiene vista de lo que Kah está buscando, puede adivinarlo.

Los Oratus espejados siempre tienen amos.

—Si te pones en contra del asalto, si nos ayudas a volver sus fuerzas a nuestro lado —Kah se vuelve hacia Sax, su voz un susurro ronco—, el Coro está dispuesto a garantizar tu vida, junto con la de tu pareja. Tus crímenes serán perdonados, y tendrás la opción de volver a Solis o elegir un planeta de tu preferencia para retirarte.

Retirarse. Pocos Oratus tienen esa oportunidad, y los que la reciben solo lo hacen debido a lesiones incapacitantes. Cualquier Oratus que pueda luchar lo haría, lo hará, quiere luchar. Ese es su propósito. Ese es su llamado. A pesar de que su vida está ligada a esa idea, Sax resopla ante la palabra antes de considerar lo que Kah incluso dijo.

—Tal vez —concede Kah ante el sonido de Sax, él también entendería el insulto en la idea del retiro—. Podríamos arreglar un puesto estratégico. Algún lugar donde puedas encontrar mucho entretenimiento.

Es decir, cosas para masacrar. Esto sería mejor, excepto que la oferta de Kah viene con algo inaceptable: Sax no va a volverse contra su pareja, contra su antigua comandante

Evva y la causa a la que se ha unido. No para volver al Coro y su manada de manipuladores traidores.

—Ya sabes mi respuesta —dice Sax.

Kah responde con una mirada fulminante. Sostiene la mirada de Sax por un largo momento antes de que el Oratus espejado incline su cabeza en un gesto que, Sax piensa, lleva consigo un pequeño atisbo de respeto.

—No hay otra oferta —responde Kah, aunque las palabras salen mecánicas; una pregunta cuya respuesta es conocida, que sin embargo debe ser formulada—. Acepta, o nunca volverás a ver a Bas.

Su nombre esta vez. Un endulzante, y si Sax fuera de una especie más débil, podría caer en la trampa de las posibilidades; futuros imaginados desplegándose ante él con un simple y sencillo *sí* dividiendo su brillante promesa de su miserable presente.

—No hay otra respuesta —dice Sax—. No la traicionaré.

De nuevo el gesto afirmativo. Esta vez, sin embargo, el movimiento de Kah es acompañado por un zumbido desde más allá de la celda. El sonido de micro-propulsores pulsando hacia arriba, enviando su carga en esta dirección. Sax ha enviado la señal, y ahora va a ver qué decide hacer el Coro en respuesta. Tal vez lo masacren aquí. Más probablemente el Coro aprovechará la oportunidad; una ejecución escenificada para que toda la galaxia la vea. Es así como se debe tratar a los traidores.

Sax ha visto muchas de ellas él mismo. Y ha vitoreado junto con el resto del Vincere cuando esos disidentes fueron llevados a la justicia fatal.

Kah cruza la habitación, detrás de Sax, mientras un par de guardias Flaum entran por la apertura hacia la que Kah ha estado mirando todo este tiempo. Estos no son Flaum promedio, pequeñas criaturas peludas con una tendencia a la conversación chillona. No, estos están blindados en azul del Coro, llevando mineros de asalto en sus manos con armas secundarias sujetas alrededor de sus cinturas. Miran a Sax con una feroz concentración que impresiona al Oratus. Si el Flaum Vincere promedio poseyera este nivel de determinación, es posible que los Oratus no fueran necesarios en absoluto.

—Así que *sí* me están trayendo la cena —sisea Sax de todos modos, porque es más divertido mantener a la presa desbalanceada.

—Silencio —dice Kah desde detrás de Sax—. No es momento para juegos.

Y cuando lo que sigue a los Flaum, cuando la fuente de esos micro-propulsores, se desliza en la habitación, Sax no puede más que estar de acuerdo.

CAPÍTULO 3

UNA DESPEDIDA

—¿CÓMO fue? —le pregunto a Malo más tarde, cuando parece que tendremos un breve momento a solas sin interrupciones—. ¿Con Ignos y los Sevora?

Malo tarda en contestar esa pregunta y entiendo por qué: cuando yo era la única con un Sevora en mi mente, incluso encontrar las palabras para describir cómo se siente tener algo más dentro de ti era una lucha. Y eso que Ignos intentaba ayudarme.

—Al principio fue así —dice Malo, y está mirando lejos de mí, hacia la pared, pero tampoco está viendo realmente el frío acero—. Desperté en una habitación extraña con Flaum entrando y saliendo. Me fijé en sus insignias inmediatamente y supe que me habían capturado.

Los captores Sevora peludos se habían asegurado de que Malo estuviera saludable, hasta cierto punto, antes de hacer cualquier otra cosa. Malo esperaba ser llevado inmediatamente, pero en su lugar lo pasaron por máquinas extrañas. Con mineros y guardias, los científicos Sevora lo pincharon y examinaron hasta que, una mañana, un Whelk de tonos verdosos se deslizó en su habitación y le dijo que era hora.

—Quería pelear, pero Kaishi, no había nada que pudiera hacer —dice Malo, apretando y soltando los puños—. Cada vez que intentaba hacer algo que no ordenaban, me disparaban. Pasé mucho tiempo aturdido, esperando morir.

Sin embargo, eso no fue lo que sucedió. En cambio, los Sevora llevaron apresuradamente a Malo a uno de los grandes centros de nacimiento, donde piscinas rectangulares llenas de tinta oscura se arremolinaban mientras líneas de especies cautivas esperaban recibir a sus anfitriones Sevora bajo una fuerte vigilancia. Los Flaum llevaron a Malo a un extremo, a una piscina más pequeña sin fila.

—Destinada a Sevora especiales, o eso me dijeron —continúa Malo—. Fui hasta el borde y me asomé, dije una oración, y con sus mineros apuntándome a la espalda, entré.

El primer toque de un Sevora en la mente es como los restos difusos de un sueño: algo más presente en tu consciencia, algo que no es del todo real. Pero a diferencia del sueño, los Sevora nunca se van. Conmigo, podía sentir los pensamientos de Ignos, su frustración mientras intentaba y fallaba en descifrar mi código neural y tomar el control completo de mi cuerpo. Con Malo, la pérdida de sí mismo fue casi instantánea.

—Como si yo fuera una serie de cerraduras, y podía sentir cómo me iba descifrando una por una —dice Malo—. Mis brazos, dedos, piernas, luego mis ojos y boca. Después me convertí en un visitante en mí mismo.

Quiero continuar, porque puedo ver que Malo todavía está roto por esa experiencia y quiero arreglarlo. O al menos intentarlo. Pero cuando la puerta de mi habitación se abre y Viera está allí, su rostro nos dice que nuestro tiempo se acabó.

—¿Puedes caminar? —me dice Viera.

—¿Creo que sí?

—Bien, porque Kolas dice que es hora de despedirse.

Salir de la cama esponjosa es mi primera gran prueba. Después de abrirme paso hacia y desde el mundo natal de los Sevora, dentro y a través de una nave semilla completa, es desconcertante intentar ponerme de pie solo para caerme cuando mis piernas no logran equilibrarse. Malo me atrapa, me sostiene mientras Lan observa desde la entrada.

—Te esperaremos —dice la Oratus—. Tómate el tiempo que necesites.

—Supongo que su sentido de urgencia ha desaparecido ahora que los Sevora están muertos —dice Malo.

Tal vez, pero tengo una sensación diferente por la mirada prolongada que Lan me da antes de irse. Después de todo, yo fui quien mató a su par. Quien atravesó con una barra de metal al Sevora que se había instalado en la mente de Gar. No siento odio de parte de Lan, pero tampoco siento mucho de nada de ella.

—¿Cómo es un Oratus cuando pierde a su par? —le pregunto a Malo mientras salimos de mi habitación.

—Creo que serían como nosotros —dice Malo—, cuando perdemos a alguien que amamos.

Estamos en un ala médica, ya que hay muchas otras habitaciones cerca de la mía cuyos ocupantes están haciendo una variedad de ruidos quejumbrosos, jadeantes o chirriantes. Los drones revolotean y ruedan por el suelo, entrando y saliendo de esas mismas habitaciones, con un grito más agudo o un repentino suspiro feliz como evidencia de su trabajo. Fuera de cada cámara, cubriendo los espacios intermedios, hay grandes paneles que muestran nombres y barras coloreadas con valores para cosas que no entiendo.

Miro el mío, y está todo en blanco. Solo mi nombre, en verde luminoso, está en la parte superior. Todas mis barras son negro profundo y gris. Abundan los ceros. Según esta cosa, estoy muerta.

—No será así para el próximo —dice una voz áspera y chillona detrás de mí, y nos giramos para ver a un Flaum mayor mirando alrededor de nosotros hacia mi pantalla—. Aprendimos mucho sobre los humanos con ustedes tres. Todo sobre sus interiores, lo jugosos que son. Muchas cosas estarían felices de tenerlos como bocadillo.

—Eh, ¿gracias? —ofrezco mientras Malo retrocede—. ¿Quién es usted?

—Tu doctor, por así decirlo —el Flaum, que lleva una suave máscara azul alrededor de su pelaje, se encoge de hombros—. Solo estoy aquí para asegurarme de que los robots mantengan las cosas según lo programado, echar una mano si alguno pierde la cabeza.

—¿Los robots pueden perder la cabeza?

—Pueden podrirse como cualquier otra cosa —dice el Flaum—. Ponlos en una situación nueva, como tú, y no tendrán idea de qué hacer. Así que intervengo, les enseño que eres una criatura basada en carbono y necesitas buena sangre roja para sobrevivir.

Ya le he agradecido al Flaum, así que lo mejor que se me ocurre hacer es asentir hacia la criatura. Sin embargo, el Flaum parece no querer detenerse y extiende su mano con garras, trazando una línea por mi estómago hasta mi corazón hasta que agarro la extremidad ofensiva y la detengo.

—Lo siento —dice el Flaum, mirando su mano atrapada —. Solo recordaba dónde te arreglamos. Las nuevas partes deberían ser mejores que las antiguas. De nada.

Antes de que pueda responder, el Flaum libera su mano de la mía, gira hacia otra habitación y se aleja pisando fuerte, dejándonos a Malo y a mí mirándolo fijamente.

—¿Mejores que las antiguas? —le pregunto a Malo,

esperando que el guerrero Charre haya prestado atención cuando el Flaum me arreglaba.

—Como dijo Ferrolite, cultivaron todo —Malo desvía la mirada, sacude la cabeza—. No entiendo cómo, ni qué pasó, pero dijeron que estabas muerto y ahora has vuelto.

Podría presionarlo por más información, pero hay dolor en esos ojos, frustración. Lo conozco bien: la ignorancia engendra ira, desesperación y cosas peores. Así que lo dejo pasar, decidido a preguntarle después a Ferrolite, o quizás a T'Oli. El Ooblot parece que sabría sobre esto.

Salimos del ala médica a través de lo que parece una lámina de cristal, que brilla cuando nos acercamos y, al atravesarla, deja una sensación de hormigueo en mi piel, boca y ojos.

—Te acostumbras —dice Malo mientras continuamos—. Están por toda la nave. T'Oli las llama purificadores, dice que nos impiden infectarnos unos a otros.

Un milagro más que añadir a la lista.

—Si podemos conseguir cosas como esta, puede que el Coro no sea tan malo —digo—. No confío en los Amigga, pero esto salvaría muchas vidas. Cada verano perdemos a tantos por enfermedad.

Malo no responde mientras caminamos por el largo pasillo. Es amplio y está lleno de drones que pasan y múltiples especies. Mientras que los Sevora se inclinaban por los Flaum y Whelk, especies que supongo podían controlar, incluso criar con poco esfuerzo, los Vincere son un grupo más diverso. Grupos de Teven como troncos pasan junto a nosotros, sus caparazones ornamentados con todo tipo de diseños, y monstruos más grandes como rocas deambulan, transportando materiales o luciendo grandes arneses cubiertos de lo que parecen herramientas.

Los ruidos también abundan: desde órdenes superiores

emitidas en toda clase de jergas hasta charlas generales y el siseo y zumbido de puertas, máquinas y generadores ocultos tras los paneles de las paredes que nos rodean.

Pensaba que Damantum, la capital de mi pueblo elegido y hogar de miles bulliciosos con sus mercados, fuegos de cocina, peleas y celebraciones, era ruidosa. Aquí, sin embargo, en los confines metálicos de la nave de Kolas, el sonido me envuelve, cercano, constante, comprimido.

Al poco tiempo, un dron flotante no mucho más grande que mi cabeza se precipita frente a nosotros, con una luz azul fuego brillando en su parte superior. Se lanza hacia nosotros tan rápido que Malo se desliza frente a mí, solo para que el dron se detenga bruscamente a unos centímetros de su nariz.

Miro la máquina por encima del hombro de Malo mientras pasa su luz por nuestros rostros.

—Kaishi, Malo —dice el dron nuestros nombres, masticando cada sílaba en su tono monótono—. Se les requiere en la cubierta funeraria.

—Ahí es donde vamos —dice Malo.

—Estoy aquí para asegurarme de que vayan por el camino correcto —responde el dron—. Síganme, por favor.

—Parece que voy muy lento —le susurro a Malo mientras aceleramos el paso, siguiendo al dron.

—Es mi culpa —dice Malo—. Deberíamos haber ido más rápido desde el principio. Solo que no quería apresurarte.

—No es como si Gar fuera a ir a alguna parte.

Malo me lanza una mirada que dice que no es fan de las conversaciones casuales sobre los muertos, pero a estas alturas, con lo que he pasado, la cortesía no está en lo alto de mi agenda. Después de todo, Gar, a través de los Sevora que se apoderaron de su mente, intentó matarme.

El dron no toma desvíos ni se detiene frente a otras

distracciones, en su lugar nos transporta a la parte trasera de la nave, donde nos espera un elevador cuyas puertas están recubiertas de un azul-negro luctuoso y salpicadas de estrellas. Más allá del elevador, nuestro gran corredor se cierra en un enorme conjunto de gruesas losas selladas, cubiertas con señales alarmantes bajo letras doradas incrustadas que afirman que los motores se encuentran más allá.

—Cubierta Funeraria —lee Malo en el panel de control fuera del elevador—. Supongo que es aquí.

—Gracias, eh, robot —le digo al dron, que emite un rápido pitido y sale disparado, sin duda dirigiéndose hacia otras almas perdidas.

El elevador nos empuja un corto trecho hacia arriba, y las puertas se abren al lugar más silencioso en el que he estado en la nave. La Cubierta Funeraria no es un espacio grande; Lan y Kolas se encorvan con sus tres metros de altura, pero es lo suficientemente ancha para albergar a los presentes en la última despedida de Gar.

Lo que sí tiene la Cubierta Funeraria es una maravilla sombría. Todos los paneles —suelos y paredes— están pintados en azules profundos, tan cercanos al negro que la diferencia se muestra como un secreto: sutil, ligera. Remolinos amarillos desvanecidos giran a través de estos paneles, colecciones giratorias de explosiones estelares trazando largos patrones a nuestro alrededor.

Viera ya está aquí, y sus ojos se iluminan con una sonrisa contenida cuando nota que hemos llegado para hacerle compañía entre los dos Oratus y un puñado de otras especies, todas ataviadas con uniformes y equipamiento que hacen que mi simple bata de hospital parezca insignificante. Parece que ser el enviado de la humanidad aún no me consigue un buen atuendo.

Más allá de la multitud se encuentra lo más destacado:

una ventana blindada hacia el espacio centelleante. A lo largo del borde inferior de la ventana, brilla un resplandor blanco-anaranjado, una luz cuyo origen me desconcierta hasta que Viera susurra que son los motores, que ella se había quedado mirándolos, con las cejas arqueadas por la curiosidad, hasta que Kolas se lo explicó.

—Gracias por ahorrarme la pregunta —respondo.

—¿Están todos aquí? —Kolas mira alrededor de la cámara, deteniendo su imponente rostro cicatrizado color óxido sobre nosotros por un largo momento—. Entonces comenzad.

No hay indicación de a quién le habla Kolas; nadie salta a la atención, no hay afirmación ni pitido de reconocimiento, pero por la forma en que todos comienzan a moverse, deduzco que Kolas activó algún mecanismo.

No sé qué implica un funeral Oratus, y dada la ferocidad con la que luchan estas criaturas, tengo que creer que hay muchos de estos que se realizan sin ningún tipo de cuerpo al cual despedir. En la Tierra, en Damantum o en la jungla, enterrábamos o quemábamos a los caídos, dependiendo del tiempo y la ceremonia.

Sin ninguna guía, sigo lo que hacen el Oratus y los demás. Primero, nos agolpamos frente a la ventana, manteniéndonos en silencio. Lan permanece apartada en el centro, con Kolas cubriéndola y usando su corpulencia para garantizarle espacio. Nos alineamos a su derecha. Lan no está llorando —si es que los Oratus son capaces de algo así—, en cambio, mira al frente con resolución.

Afuera, no hay nada que ver excepto la negrura. Entonces una pequeña forma blanco-plateada aparece flotando. No hace falta un análisis detallado para saber que es Gar. El Oratus es diminuto desde esta distancia, pero visible. Alguien ha cubierto las escamas de Gar de blanco, y sus garras han sido cruzadas frente a su cuerpo, con las zarpas dobladas hacia arriba y hacia dentro. Su cola, sin embargo, está libre y congelada en el vacío.

Las palabras no surgen. El silencio pesa mientras todos observamos la figura, hasta que algún temporizador marca su tiempo y los motores de la nave se encienden. De repente, el bajo y constante resplandor blanco-anaranjado se transforma en un deslumbrante destello alabastrino que envuelve la mayor parte de lo que podemos ver, incluyendo a Gar.

Excepto que no. El Oratus sigue ahí. Primero como una silueta negra en la nova blanca, luego como un arcoíris fluorescente de color. El resplandor de Gar abre su propio espacio en la estela del motor, como una estrella contra un cielo monocromático.

Los motores se apagan tan súbitamente como se encendieron, y la luminiscencia de Gar tiene su propio escenario para brillar. Su cuerpo parpadea entre tonalidades, pasando del rosa profundo al rojo brillante al azul y de vuelta, y mientras lo hace, la forma de Gar se difumina y se expande. Una nube que gradualmente crece y se atenúa, flotando hacia la eternidad.

—De todos los milagros que tienen —dice Viera de vuelta en mi habitación—, eso fue lo más impresionante que he visto hasta ahora. Cuando me vaya, quiero una despedida así.

—Si puedo hacerlo realidad, lo haré —digo, sin añadir que querría lo mismo para mí.

—¿Crees que me iré antes que tú? —Viera está apoyada contra la pared cerca de mi puerta, como si quisiera escapar al menor momento. Malo está en su puesto habitual junto a la gran esponja roja—. Hay mucha más gente que quiere tu cabeza que la mía.

—¿Quién quiere mi cabeza? Los Sevora están todos muertos.

—Solo espera —dice Viera—. Cuando se corra la voz de que eres la nueva favorita de la Amigga, alguien querrá eliminarte.

—Entonces se llevarán una decepción —Malo ha recuperado su firmeza.

En la nave semilla, pensé que estaba destrozado, pero parece que podría salir de esto intacto.

—Malo —intervengo. Luego me detengo. ¿Por qué oponerme a eso? ¿Por qué regañar a mi amigo por ser protector?—. Gracias.

Viera también está asintiendo. —No me gusta darle la razón a un Charre, pero Malo tiene razón. Ya nos enfrentamos a una especie entera y ganamos, Kaishi. Cualquiera que venga a por nosotros, perderá.

Aunque con los Sevora desaparecidos, no estoy segura de quién será.

—No tuvo usted opción —Lan me encuentra en el comedor de la nave, un espacio amplio donde el suelo está salpicado de manchas blancas que se elevan para acomodar a quien pasa sobre ellas—. Gar murió luchando.

Está abarrotado aquí; todos aprovechando su última oportunidad de tomar papilla nutritiva y otra comida antes de que la cuenta regresiva del salto de Kolas llegue a cero. Según mis cálculos nos queda aproximadamente una hora, que espero sea suficiente para hablar con Lan antes de que doblar la galaxia por la mitad haga puré mis entrañas.

Padre siempre se esforzaba por hablar, por acercarse a cualquier miembro de nuestra tribu que lidiara con una pérdida. Llevaba regalos a sus hogares, prometía ayuda para recolectar la cosecha o cocinar sus comidas si era necesario. Los gestos eran pequeños, pero siempre notaba el agradecimiento en esos rostros cuando veían a Padre después.

También vi a Padre mismo, cómo parecía más pleno, más seguro de sus decisiones después de hacer las paces.

Pero lo que dice Lan me confunde. Gar murió luchando, pero era a mí a quien el Oratus perseguía, y no creo que Lan se refiera a...

—Los Sevora —continúa Lan, tal vez dándose cuenta de que no la sigo—. Gar habría resistido cada intento de los Sevora por controlar su cuerpo. La única razón por la que usted sobrevivió fue porque los Sevora no habían ganado. No tan temprano.

Me ofende un poco que Lan no crea que yo podría ganar esa pelea, pero probablemente tenga razón, y estoy aquí para ofrecer apoyo, no para alardear de mi propia destreza en combate.

—Aun así lo siento, Lan. Si hubiera habido otra manera, la habría intentado.

Lan sisea, y no estoy segura si es una risa o un suspiro. —Los Oratus somos armas. Estamos diseñados para luchar hasta rompernos. Siempre es cuestión de cuándo, no de si sucederá.

—Como todos nosotros.

Lan asiente, luego inclina la cabeza hacia un lado, fiján-dome con su ojo izquierdo. —¿Sabe cómo un Oratus encuentra su pareja? —dice Lan, su iris amarillo destacando contra sus brillantes escamas esmeralda.

Niego con la cabeza y Lan se lanza a una historia que es tanto catarsis como cualquier otra cosa. Escucho, sin embargo, porque también es fascinante: hay una extensión de tierra en un planeta, criaderos, y solo aquellos Oratus que llegan juntos a la cima de una montaña encuentran su camino hacia los Vincere. Gar y Lan se abrieron paso a tajos y cortes a través de una jungla, subiendo esa montaña y atravesando una base en ruinas para llegar allí.

—Él eligió mi nombre, como yo elegí el suyo —dice Lan—. Todo lo que soy, él lo hizo. Todo lo que él era, vino de mí.

—¿Qué hará usted ahora?

—Servir a los Vincere es todo lo que conozco —responde Lan—. Los Oratus raramente somos liberados de esa obligación, la deuda que tenemos con la Amigga por nuestras vidas.

—¿Entonces se quedará aquí, con Kolas?

—Por ahora.

Lan se mete el resto de la papilla nutritiva en la boca, se levanta y me da un silencioso adiós con los ojos. La cuenta regresiva continúa en el fondo, y ya está lo suficientemente baja, así que hago una seña a Malo —le pedí que me dejara tener este momento a solas con Lan— y mi amigo me ayuda a volver a mi habitación, donde nos preparamos para el salto.

Hacia el núcleo. Al Coro.

CAPÍTULO 4
EL ENEMIGO

ES difícil moverse cuando no se tiene ninguna extremidad. Los Amigga, siendo grandes orbes sensoriales con piel ácida, no tienen piernas, ni brazos, ni forma de propulsarse de un lugar a otro sin la ayuda de algún tipo de dispositivo o especie desafortunada. Sax no está seguro si los Amigga evolucionaron o se modificaron para ser así, o si subsistían en su propio planeta gracias a su capacidad de crecer y entrelazarse con prácticamente cualquier cosa. Si vas a una estación espacial dirigida por un Amigga, encontrarías a la criatura en el centro, con su tejido nervioso envolviendo cada sistema que mantiene la estación en funcionamiento.

Si vas al centro del Coro encontrarías a la Primera Silla, el Amigga que dicta qué temas se discuten, qué especies son aniquiladas y qué hacer con traidores como Sax.

La Primera Silla tiene un exoesqueleto digno de su posición: nueve anillos negro-dorados rodean su cuerpo a unos milímetros de distancia. Esos anillos espaciados están acompañados por un conjunto presionado contra la piel de la Primera Silla, los cuales Sax supone que proporcionan el enganche magnético que mantiene los anillos externos en su lugar. Esos anillos externos no son solo decorativos: fijados a ellos hay una serie de micro-propulsores que mantienen a la criatura en el aire y, si Sax está en lo correcto, minadores de precisión. Como si la Primera Silla fuera un planeta orbitado por diminutas y letales lunas.

El conjunto viviente flota en la habitación detrás de sus guardias Flaum, moviéndose lo suficientemente despacio para que Sax pueda analizarlo, diseccionarlo y desestimarlo. Los minadores parecen demasiado pequeños para acumular suficiente poder para matar a Sax, y un solo latigazo de cola interrumpiría el flujo de esos anillos y enviaría a la poderosa Primera Silla al suelo. Como suele ocurrir, una presentación impresionante oculta un núcleo débil.

La Primera Silla se coloca frente a Sax, deteniéndose ante la escotilla abierta de la celda. Sus partes giratorias se enfrentan al Oratus y Sax desea que los Amigga se dieran bocas de una vez, o al menos ojos. Algo que dé pistas a los demás sobre lo que el Amigga podría estar pensando.

—Traidor —la voz de la Primera Silla suena dura, metálica—. ¿Por qué has fallado a tus creadores?

Ah. Así que es esta línea de investigación. Los Amigga: siempre buscando respuestas fáciles a preguntas que no las tienen.

—Porque mis creadores me fallaron a mí —sisea Sax.

—¿Lo hicimos? Creí que te dimos todo: vida, propósito y todo lo que necesitabas para subsistir.

—Me disteis *vuestro* propósito. Nunca nos dejasteis encontrar el nuestro.

Sax está siseando estas respuestas, pero las palabras se sienten extrañas. Desde que conoció a Rav en órbita sobre Solis, Sax ha tenido que usar un tipo diferente de vocabulario. Hablar en términos no exclusivamente centrados en matar, en destruir al enemigo. Hablar de cosas como propósito y razón es más fácil ahora que antes, pero cada frase todavía sabe mal en la lengua de Sax.

—¿El vuestro? ¿Es de eso de lo que trata esta lucha? —dice la Primera Silla—. ¿De vuestra especie tratando de encontrar una nueva razón de ser? ¿Por qué una herramienta necesitaría un propósito mayor que el que le da quien la empuña?

—Porque quienes nos empuñan son una colección de monstruos engreídos —sisea Sax.

Los anillos de la Primera Silla giran más rápido, las pequeñas piezas zumbando alrededor del Amigga a velocidad vertiginosa. —Claramente, si permitimos que los Oratus se degradaran tanto, *somos* engreídos. Sin embargo, diría que eres tú y tus garras desgarradoras los verdaderos monstruos. Las criaturas que vienen en la noche y destrozan familias, civilizaciones. Ese era tu propósito, Oratus. Ser un monstruo. —El Amigga flota hacia un lado, rodeando a Sax —. Incluso los cambios que has elegido hacerte están en línea con nuestros diseños: ¿garras metálicas? ¿Parches de armadura de acero en tus escamas?

Sax no se molesta en responder. Está esperando, observando, esperando que la Primera Silla se involucre tanto en su propio discurso que flote dentro del alcance de la cola de Sax. Un golpe al líder del Coro sería una buena forma de morir.

—No le darás a Kah ninguna respuesta sobre tus amigos, lo cual entiendo —continúa la Primera Silla—. Pero quizás puedas resolver un enigma para mí. Uno que nos ha molestado desde la primera iteración de tu especie, cuando descubrimos que era imposible evitar que una pequeña parte de vuestra sangre Oratus se inclinara hacia la independencia. Ideamos innumerables formas de suprimir ese impulso, desde más edición genética hasta Solis mismo y la forma en que opera el Vincere, y aun así aquí surge de nuevo. ¿Qué, esta vez, provocó vuestro despertar?

La Primera Silla ha dejado de moverse, flotando detrás a la izquierda de Sax. No ver al Amigga hace que la respuesta sea más fácil, como si Sax estuviera confesando a la oscuridad.

—*Cobalt*. Una estación espacial donde encontramos a nuestros reemplazos. Familiares con nuestra apariencia siendo creados con la intención de superarnos, de eliminarnos. —Sax se asegura de decir esto en voz alta, no porque crea que Kah o los guardias Flaum puedan traicionar, pero al menos les dará una oportunidad—. El Amigga allí quería que muriéramos.

—¿Y vuestra respuesta a esto fue matar a la criatura y asumir que todos estábamos de su lado?

—¿No lo estabais? ¿No lo estáis?

La Primera Silla vacila. Sax lo considera una pequeña victoria que la criatura esté pensando en lo que dijo el Oratus. Conseguir una respuesta que un Amigga no anticipe siempre es una victoria.

—Mira a los Flaum que trabajan conmigo —continúa el Primer Presidente, su tono plateado seguía sonando como una alerta de estado de una nave moribunda—. Su especie es inferior a la tuya en la mayoría de los aspectos. Sin embargo, aún sirven. A través de la galaxia, las especies que hemos creado o modificado sobreviven. No erradicamos a aquellos que dejamos atrás en el camino hacia la especie perfecta, y no comenzaremos con los Oratus.

—Ando escaso de confianza en este momento.

El Primer Presidente se mueve de nuevo, esta vez rodeando el lado derecho de Sax. Hay un momento, cuando el Amigga pasa más allá de la garra derecha de Sax, cuando está lo suficientemente cerca para...

Ahí. Sax tiene poco impulso, nada de donde empujarse, pero aun así se inclina, aún azota con su cola y la hace crujir de izquierda a derecha. Esos anillos de gravedad tiran hacia atrás, luchando por mantener a Sax en su posición, pero el Oratus es fuerte y logra moverse. Su cola se arquea hacia las bandas giratorias del Primer Presidente, y no golpea nada.

El Amigga se impulsa por encima del golpe mientras todas sus bandas se detienen por una fracción de segundo y su conjunto de micro-propulsores empuja al Amigga hacia arriba de golpe. Sin otra pausa, los anillos vuelven a su rotación, manteniendo al Primer Presidente en su nuevo nivel más alto.

Los guardias Flaum apuntan sus mineros hacia el Oratus, pero ante una orden del Primer Presidente, las criaturas peludas contienen su fuego.

—Un programa —dice el Primer Presidente—. Tecnología incluso más rápida que tú, Oratus. Hemos dudado en volver a tales métodos, ya que las computadoras son más fáciles de robar que las mentes de los sirvientes leales, pero son útiles —el Amigga continúa su órbita, deteniéndose de nuevo frente al rostro de Sax—. Tú, Oratus, continúas siendo un fracaso. La única perspectiva que me has proporcionado es que, como siempre sucede, tu especie no sobrevive al contacto con ideas nuevas. Son armas, nada más.

—Al menos no soy tú —gruñe Sax.

El Amigga desciende al suelo. —Sí. Gracias a Dios por eso.

Un desaire despectivo. El Primer Presidente todavía no está tan lejos, así que Sax lo intenta de nuevo. Empuja contra esos anillos y se abalanza con sus garras, con su boca, y esta vez el Primer Presidente no se aparta. Ni siquiera se mueve cuando Sax logra romper el agarre del anillo lo suficiente para dar un zarpazo.

El ataque nunca conecta. En su lugar, uno de los anillos cubiertos de mineros libera un preciso y pequeño rayo aturdidor que golpea la garra media de Sax en pleno movimiento. El disparo roba a su brazo toda su fuerza, su energía, y permite que el anillo de gravedad que lo ata tire del brazo de Sax hacia atrás. El Oratus ni siquiera se acercó a golpear su objetivo.

—¿Otro intento? —dice el Primer Presidente.

—La persistencia es una virtud —logra sisear Sax, desahogando su frustración en las palabras.

—La estupidez, sin embargo, no lo es. Desperdiciar tu energía en lo imposible es una mala elección.

—¿Entonces por qué intentas convencerme de que cambie de bando?

El Amigga flota en silencio por un momento, con los anillos girando. —Has hecho tu primer buen punto, Oratus. Te agradezco tu honestidad —el Primer Presidente gira de vuelta hacia la puerta—. Kah, lleva al traidor y realiza la ejecución estándar. Parece que debemos recordarle a la galaxia, una vez más, qué sucede cuando algunos eligen rechazar nuestra guía.

Sax observa al Primer Presidente flotar lejos, abandonar la habitación con esos dos guardias Flaum siguiéndolo. Luego sus extremidades se tensan, los anillos presionando su cuerpo hasta que Sax siente que va a estallar. Sus conductos apenas tienen espacio suficiente para aspirar aire, y sus brazos y piernas se están entumeciendo mientras la sangre falla en circular. El Oratus se hunde, hasta que Sax flota a un milímetro sobre su escotilla.

—Parece que no le diste al Primer Presidente la respuesta que buscaba —sisea Kah, y mientras el Oratus espejado pasa junto a Sax, un anillo más brillante y rojo brilla alrededor de su garra delantera derecha. Mientras

Kah camina, Sax comienza a flotar tras él, atado a ese anillo brillante—. Qué lástima. Tu expediente dice que eres bueno.

—Te vencí —la voz de Sax sale aguda, casi chillando por la compresión.

—Pero vas a morir de todos modos —responde Kah—. Y todos lo van a ver.

DESDE EL PUENTE, donde Kolas nos ha llamado para observar la aproximación a un mundo que llama Aspicis, una gran esfera verde llena el vacío. Es un verde esmeralda más profundo y oscuro que los brillantes colores de follaje que la Tierra muestra desde el espacio, y está iluminado por detrás por una estrella de un blanco cegador que, ya sea por la aproximación intencionada de Kolas o por pura suerte, se encuentra justo detrás de Aspicis, rodeando el planeta con un resplandor sagrado.

—Hermoso —digo.

Nuestra plataforma se extiende en una línea gruesa sobre una forma en U profundamente cortada, dentro de la cual grupos de Flaum y Teven trabajan en terminales o circulan alrededor de proyecciones que muestran lo que parecen mapas de la galaxia o secciones de la nave, *Nunilite*, en la que nos encontramos. Es un bullicio de actividad que no se interrumpe por la aproximación a Aspicis.

Supongo que una vez que has visto mil mundos desde el espacio, el siguiente no es tan extraordinario.

—Es hermoso —afirma Ferrolite. El Amigga flota a mi

izquierda. Ausente durante el funeral de Gar, me había olvidado de que el Amigga existía, pero ahora que estamos llegando a su hogar, tiene sentido que Ferrolite esté aquí para presumir—. Lo que están viendo es el mundo más magnífico de la galaxia, hogar del centro del progreso, de la civilización.

—Para ustedes, quizás —interrumpe Viera.

—Para su especie también —responde Ferrolite, y es imposible decir si interpreta las palabras de Viera como un insulto—. Una vez que se unan al Coro, todo lo que decidamos trazará su camino tanto como el nuestro. Los beneficios que proporcionamos serán suyos.

—Al igual que los costos.

Me contengo de intervenir. Viera está siendo quien es, y aunque nadie hace un movimiento, y el parloteo de los demás en el puente continúa, creo que Kolas está escuchando el intercambio al igual que Malo y yo. Aunque si Viera sobrepasa sus límites, no creo que el Oratus se ponga de su lado.

—Su civilización, comparada con el resto de la galaxia, es primitiva —la voz monótona de Ferrolite mantiene su tono bajo y mecánico—. Todo lo que su sociedad usa, depende y desea será mejorado al unirse al Coro. Incluso si llamamos a la humanidad para ayudar en un esfuerzo mayor, sus costos serán insignificantes comparados con las ganancias que su gente obtendrá de nuestra relación.

—Seguimos escuchando eso —Viera se cruza de brazos. Sin duda quiere apoyarse en algo, pero no hay nada que pueda darle esa postura desdeñosa en el puente—. Los Sevora dijeron lo mismo. No cumplieron.

—Humana, sin nosotros, caerán presa de alguna otra especie. Rechácennos, y el Coro no los protegerá la próxima vez.

Ferrolite flota hacia adelante después de las palabras, terminando la discusión. No me entristece eso, ya que Viera no iba a conseguirnos nada más que una mala reputación, y además, nos estamos acercando a Aspicis y prefiero observar lo que está sucediendo afuera.

—Nos va a hacer que nos maten —me susurra Malo.

—Si un poco de provocación enfada al Amigga, la humanidad no durará mucho de todos modos —asiento hacia adelante, más allá del enorme parabrisas, señalando a Malo que tengo otras cosas en mente.

Como el collage de naves espaciales que aparecen desde los pliegues negros del espacio frente a nosotros. Desde la lejanía, no podía verlas en absoluto. Grandes óvalos y pequeñas astillas bailando y zigzagueando. Otras parecen esferas esqueléticas, suspendidas alrededor de Aspicis con amplias barras conectando puntos focales. A medida que nos acercamos, también estallan los colores: estas no son del gris-negro común que he visto en otros lugares, sino que están pintadas en rojos, azules y dorados.

—La Cuna del Coro —anuncia Kolas mientras comenzamos a pasar junto a las naves—. Si el Vincere es el martillo de la galaxia, entonces esto es su escudo. Estas naves son la banda exterior, y las esferas el muro contra cualquier amenaza. La propia Aspicis yace acurrucada dentro, una recompensa solo para visitantes leales.

—Cada color muestra la ubicación correcta de la nave en una flota —dice Ferrolite—. Alineen todas en formación de desfile y tendrán los colores del Coro, encabezando, por supuesto, con nuestro azul elegido.

—¿Para quién desfilan, si toda la galaxia ya es suya? —pregunta Viera, negándose a quitar el veneno de su voz.

—La disciplina nunca es algo malo para fomentar —responde Kolas, anticipándose a cualquier réplica del

Amigga y ganando otro punto positivo de mi parte. Empiezo a entender por qué Kolas dirige esta nave, esta flota—. Reforzar la posición adecuada de una nave, cómo pilotar en formación, muestra a nuestros soldados y comandantes que no somos una fuerza salvaje sino una herramienta deliberada.

Viera, por una vez, contiene su lengua ante la respuesta del masivo Oratus, y eso sin que Kolas mostrara un solo diente afilado.

Después de pasar junto a la mayoría de la flota, nuestra nave se desliza por debajo de una de las estructuras esféricas con su sombreado dorado. Noto que las grandes torretas que salpican la nave giran y nos siguen a lo largo de nuestra ruta. La Cuna no confía mucho, aparentemente. Cuando lo señalo, Ferrolite me dice que cada una de estas estructuras escanea las naves entrantes, buscando anomalías. Cualquier cosa sospechosa, e intentarán deshabilitar la nave para una inspección más cercana.

—¿Anomalías? —pregunto, pensando que nosotros, los humanos, podríamos ser una.

—Masa superior a la normal —dice Ferrolite, asumiendo las funciones de guía mientras Kolas se aleja de nosotros para dirigir a su personal desde el extremo de la plataforma —. Alto consumo de energía. Armas o escudos listos. Varios han intentado atacar Aspicis, incluidos los Scvora. No nos tomarán por sorpresa.

Una vez que pasamos las afueras del Cuna, trazamos una órbita alrededor del planeta, colocándonos en una línea con otras naves, la mayoría más pequeñas que la nuestra, mientras navegamos sobre el lado oscuro de Aspicis y nos dirigimos hacia la luz. Ferrolite se embarca en una larga digresión sobre el planeta, explicando sus largas transiciones de noche y día, y lo pocas personas que tienen autorización para aterrizar en el planeta mismo.

—¿Entonces por qué están todas estas naves aquí? —pregunto—. ¿Si nadie tiene permitido bajar a la superficie?

—Hay corredores —responde Ferrolite—. Observe.

Mientras rodeamos el borde del planeta, y mientras un filtro cae sobre el enorme escudo de visualización para atenuar el brillo de la estrella blanca, es fácil ver los enjambres de pequeñas naves que suben y bajan de la superficie de Aspicis. La línea de naves en la que nos encontramos llega a una congregación alrededor de lo que parece una gran estaca cuadrada que se eleva desde el suelo hasta el espacio.

Los corredores rodean estas naves, acoplándose a ellas y separándose minutos después. Una vez que todos se han desacoplado, las naves más grandes, completadas sus misiones, encienden sus motores y se deslizan lejos del planeta, a través de una sección abierta del Cuna bordeada de esferas azules.

—¿Entonces todo esto es carga?

—Carga, y también aquellas personas llamadas al Coro o que viven en Aspicis —dice Ferrolite—. Información y tecnología. Todo pasa por aquí. Al igual que usted.

La manera en que Ferrolite dice "usted" me hace quedarme enganchada en esa palabra. El Amigga no dijo todos nosotros, no dijo los tres.

—Viera y Malo vienen conmigo. —No hay discusión al respecto. No voy a dejarlos, y dudo que alguno de ellos acepte que desaparezca sola en una nave Amigga.

—Usted es la enviada de su especie, no ellos —objeta Ferrolite—. No podemos permitir visitantes innecesarios en Aspicis. La seguridad lo exige.

—Mi seguridad —dice Viera— exige que me quede con mi Emperatriz.

—De acuerdo —repite Malo—. No la dejaremos.

Miro fijamente a Ferrolite. Puede que el Amigga no tenga ojos, pero claramente lo ve todo, así que debería saber que no tengo intención de dejar a mis amigos.

—Esto... requerirá una conversación —responde Ferrolite—. Queremos el apoyo de la humanidad, por supuesto. Pero no queremos comprometer la seguridad de nuestros miembros más valiosos.

—Acaba de decirnos lo primitivos que somos —digo—. ¿Ahora va a afirmar que somos una amenaza? Elija una, Ferrolite, pero la única forma en que nos llevará a su planeta es como grupo.

Ferrolite flota. Kolas se gira, sus ojos rojo-negros brillando mientras nos mira. ¿Es una risa silenciosa lo que veo en su rostro surcado? Tal vez a Kolas le gusta ver a alguien enfrentarse al Amigga. Tal vez no está completamente bajo su control.

—Veré qué se puede hacer —declara Ferrolite—. En cualquier caso, nos acercamos al punto de conexión. Deberían ir a buscar sus cosas. Nuestro transporte llegará pronto.

Como si tuviera algo que llevar. Malo y Viera comparten mi expresión con encogimientos de hombros; ninguno de nosotros tiene armas, ni ninguna otra posesión más allá de la ropa que llevamos puesta, y incluso esa son trajes diseñados para Flaum. Chalecos y pantalones verde perla. Sin máscaras esta vez, y tampoco túnicas; aparentemente vamos ante una audiencia que se preocupa por la presentación.

Después de que Ferrolite se va, Kolas se acerca pesadamente frente a nosotros, su respiración pesada desde las rejillas que alinean su largo torso atrayendo nuestra atención hacia él.

—Lo que suceda a continuación será un evento trascendental para su especie —dice Kolas lenta y profundamente, como un volcán rugiente—. Pero no se pierdan en lo que el Coro les diga. Los Amigga impulsan la civilización y la galaxia hacia adelante, sí, pero lo hacen con su propio plan. Sus propios objetivos. No pierdan de vista lo que hace única a su especie.

—¿Qué quiere decir? —respondo—. ¿No nos estamos uniendo a un grupo?

Kolas mueve una garra hacia los Flaum que operan las diversas estaciones en el puente. —Lo están. Y obtendrán muchas cosas por hacerlo. Sin embargo, cuando los Amigga encuentren un lugar para ustedes, tengan cuidado de no convertirse solo en eso y nada más.

—¿Como usted? —Viera, de nuevo—. ¿Los Oratus? Suena como si nos estuviera advirtiendo que no lo hagamos en absoluto.

Kolas mira a Viera con una expresión condescendiente. El tipo de mirada que dice que está tan por encima de Viera que es un honor que siquiera esté considerando sus palabras. —Los Ciclos están cubiertos de culturas muertas. ¿Habrían muerto esas mismas especies sin el Coro, se habrían destruido en guerras patéticas o habrían sido ahogadas por los Sevora? No puedo decirlo, pero sé que la mayoría tampoco sobrevivió realmente. Tal vez la humanidad sea diferente.

Eso parece ser el final de su advertencia, ya que Kolas vuelve a su mando y sisea órdenes para llevar la nave a una sección vacía del espacio. Mientras el crucero gira, luces verde hierba parpadean de la nada, formando un camino a través del vacío. Al principio estoy confundida sobre lo que son, pero cuando las luces se mueven y se forman, me doy cuenta de que son pequeñas naves, dirigiendo a los pilotos de Kolas hacia dónde ir.

—Vamos, Emperatriz —dice Viera—. Es hora de ir a conocer a nuestros nuevos señores.

Echo un último vistazo a la estrella de Aspicis mientras nos alejamos del puente; no es del mismo color que Ignos, pero espero que el dios pueda encontrar su camino hacia nosotros de todos modos.

Tengo el presentimiento de que necesitaremos toda la ayuda posible.

La lanzadera del Coro es minimalista: sin puente, solo un simple conjunto de sofás blancos que se elevan del suelo para recibirnos mientras nos acomodamos. Viera, Malo, yo, T'Oli y Ferrolite, quien hace una pausa cuando ve que el Ooblot también está con nosotros. La masa había estado pasando su tiempo correteando por el crucero, investigando todo lo que podía aprender después de pasar la mayor parte de su existencia atrapada bajo las alcantarillas Sevora.

—T'Oli es mi asistente —digo, siguiendo la historia que acordamos—. Ninguno de nosotros sabe cómo funcionan las cosas aquí, así que T'Oli nos mantendrá fuera de problemas.

—Esto no fue aprobado —refunfuña Ferrolite.

—A los humanos nos gusta cambiar nuestros acuerdos.

—Empiezo a darme cuenta de eso.

El Amigga, sin embargo, no protesta más y en su lugar se acomoda en su lado, flotando aún en su caparazón impulsado por microchorro. Estoy esperando que la puerta de la esclusa se cierre, pero no lo hace. Un segundo después, Lan se agacha para entrar, su gran forma ocupando casi un tercio del espacio de la lanzadera por sí misma.

—¿Tú también vienes? —no puede evitar preguntar Viera.

—Hay algo que necesito hacer en Aspicis —Lan se sienta frente a nosotros, cierra los ojos y parece quedarse dormida.

Una vez que el Oratus está instalado, la lanzadera experimenta una serie de cambios rápidos; la esclusa se cierra de golpe, los globos de luz a lo largo del techo se atenúan, y el casco a nuestro alrededor se vuelve casi translúcido.

—Disfruten del descenso —dice Ferrolite mientras nos desacoplamos del costado del *Nunilite*—. Es la entrada más hermosa de la galaxia.

—Creo que podrías estar siendo parcial —responde Viera.

Ferrolite no contesta.

Para ser justos con el Amigga, Ferrolite no está del todo equivocado. Mientras descendemos por debajo de las líneas apretadas de naves que entregan y reciben carga y pasajeros, el espacio libre da tiempo a que la masa gigante de Aspicis se muestre. Y, contra ese verde profundo, la torre, que Ferrolite denomina la Meridia, hace una entrada imponente.

Nuestra lanzadera, a diferencia de muchas otras que se disparan hacia la superficie, apunta hacia la cima de la Meridia. A diferencia de, por ejemplo, las superficies espejadas de los edificios Sevora o los techos de piedra de nuestros templos, los Amigga coronan su logro con un espectáculo brillante rojo-anaranjado.

Bandas de luz se superponen, formando bucles de un lado a otro de la cima de la Meridia, entrelazándose entre sí y bailando a través del amplio espacio negro. Nuestra lanzadera se desliza hacia allí, y mientras lo hacemos, las bandas cambian de color, transformándose en un tono verde-azulado que me recuerda a las aguas poco profundas junto a la costa en la Tierra.

—Los Amigga también son capaces de hacer arte —dice Ferrolite—. Sé que piensan que somos una especie brutal, pero miren esto y díganme que no podemos crear cosas hermosas.

—¿Qué significa? —pregunta Malo mientras las cintas de luz se arremolinan a nuestro alrededor.

—La forma cambiante de la galaxia —responde Ferrolite—. Cada color, cada cinta es otra parte de nuestro colectivo. Incluso mientras nuestra naturaleza cambia, permanecemos conectados unos con otros. Un vínculo que no puede romperse. Uno al que ustedes se están uniendo.

Como espectáculo, es hipnotizante. La luz blanca de la estrella de Aspicis da a las bandas un brillo que las hace resplandecer como joyas. Y sin embargo, los familiares en el *Cobalt* también podían ser hermosos, eso no significaba que fueran buenos.

Entonces, ¿por qué estoy haciendo esto? ¿Por qué me ofrecí voluntariamente si no confío en que los Amigga harán lo correcto?

Porque si no lo hago, destruirán a la humanidad hasta que alguien haga lo que quieren.

—¿Este es su hogar? —le pregunto a Ferrolite mientras la lanzadera desciende más por la Meridia y la obra maravillosa desaparece detrás de nosotros—. ¿Este planeta?

—¿*Mi* hogar? Sí. ¿De nuestra especie? No —Ferrolite hace una pausa—. Nuestro planeta natal fue destruido hace mucho tiempo. Demasiados accidentes, demasiados costos extraídos en busca de cosas mejores. Aspicis, sin embargo, es el resultado de esas lecciones. Es verde, y cada parte de él produce lo que necesitamos. Así que en ese sentido, Aspicis es nuestro hogar. Uno que hemos construido según nuestros deseos.

—¿Querían un gigantesco palo de metal sobresaliendo de su superficie? —pregunta Viera.

—La Meridia es necesaria.

Ferrolite nos explica por qué en etapas. La primera llega cuando la lanzadera aterriza, cuando nos descargan en una bahía de atraque estrecha de metal azul con espacio solo para una nave más. A diferencia del *Cobalt*, donde un solo familiar nos recibió mientras salíamos de la lanzadera, Ferrolite ha reunido un cuarteto de guardias Flaum para esperarnos. Todos lucen uniformes impecables azul marino, con un único círculo rojo lava grabado en sus pechos. Cada uno lleva un minero en sus manos, con uno más pequeño en el cinturón. Nos miran sin un ápice de sorpresa o el nerviosismo inquieto al que estoy acostumbrado con las criaturas peludas.

—Vaya bienvenida que tienen para los nuevos amigos —le digo a Ferrolite mientras bajamos por la rampa.

El Amigga ha tomado la posición delantera, deslizándose por el aire con sus microchorro y pareciendo confiado de que lo seguiremos. Lo hacemos, y me coloco delante de Malo cuando intenta tomar un papel protector al frente de nuestro pequeño grupo. Si este desembarco va a ser la primera impresión verdadera del Coro sobre el enviado de la humanidad, no será una de mí agazapado detrás de la espalda de Malo. T'Oli, sin embargo, toma su lugar en mis hombros, listo para descender y endurecerse como armadura ante la menor amenaza.

Estoy dispuesto a sacrificar un poco de protección por ceremonia, pero no toda.

—No quiero que se sientan mal recibidos —responde Ferrolite—. Ha pasado demasiado tiempo desde que inductamos una nueva especie. Debería haber alguna celebración.

—Si esta es su idea de una celebración, tal vez *sí* puedan aprender algo de nosotros —susurra Viera.

Ferrolite nos hace formar entre los guardias, y nos escoltan desde la tranquila bahía de atraque. Estamos desarmados y llevamos zapatos acolchados hechos de gel flexible que se moldearon a nuestros pies en el *Nunilite*. Sin embargo, todavía tengo mi collar de esmeralda. Malo tiene sus tatuajes. Viera, bueno, Viera tiene su actitud. Estamos tan preparados como podemos estar cuando llegamos al final de la bahía de atraque y un par de puertas circulares entrelazadas giran soltándose una de la otra para dejarnos entrar en la Meridia.

Espero algo austero y metálico. Eficiente y limpio como las naves Vincere. Lo que encuentro, sin embargo, me hace pausar en un jadeo que corta la respiración y que Ferrolite probablemente espera. La primera palabra que me viene a la mente es color: el espacio está inundado de él, un brillo que, después de un momento, rastreo hasta una pieza colgante de caparazón colorizado. Al menos, eso es lo que supongo que es la cosa: un caparazón más grande que yo que cuelga de un par de barras translúcidas que descienden del techo. Cada parte del caparazón, como el panal de una colmena, está lleno de un color diferente que distorsiona la luz que fluye a través de él desde un conjunto moteado de globos en el techo. El resultado es deslumbrante, y si eso fuera todo, serviría para redefinir mis expectativas sobre el Coro.

Pero no. Lo que estoy mirando no es un pasillo, es una entrada a un amplio círculo, y más allá de esa cáscara colgante hay pantallas, monitores y objetos alojados dentro de prismas flotantes de cristal. Amplios terminales muestran escenas en cascada de maravillas —montañas azules, tornados cambiantes de polvo amarillo, un volcán escupiendo enormes láminas de hielo hacia el cielo— que quiero contemplar para siempre.

Serpenteando entre estas exhibiciones hay más Amigga, junto con otras especies dispersas, todas con diversos grados de elegancia. Algunos nos lanzan miradas —es difícil saberlo con los Amigga, aunque veo que algunos tienen esas cámaras similares a ojos en sus trajes flotantes— y se congelan por un momento, tratando de ubicarnos en su léxico galáctico.

Intento ofrecerles una sonrisa. Trato de parecer tranquilo, y no tan abrumado como me siento.

—Me retracto de todo —dice Viera—. Esto es asombroso.

—Lo sé —estoy luchando por encajar este maravilloso conjunto —incluso el aire trae consigo aromas de especias tentadoras— en lo que sé sobre los Amigga, y estoy fallando —. No entiendo cómo lo que creó *Cobalt* pudo hacer esto.

Ferrolite, flotando frente a nosotros, gira hasta que lo que considero su frente me encara con su avalancha de piel arrugada y amasada. —¿Seguramente no todos los humanos son iguales? —Ferrolite tiembla por un momento—. ¿No han desarrollado una mente colmena, verdad?

—¿No sé qué es eso?

—No lo han hecho —responde T'Oli por mí.

—Entonces deberían entender —Ferrolite suena un poco aliviado por la respuesta del Ooblot—. Algunos Amigga prefieren la estricta simplicidad de una estación austera. El Coro, sin embargo, quiere permitir que las creaciones únicas de la galaxia se exhiban donde sus líderes puedan apreciarlas.

—Como si tuvieras un montón de arte tribal Charre colgado alrededor del Vaos —dice Viera—. Nada como un pequeño recordatorio de lo que controlas.

Pero los comentarios de Viera no pueden amargar lo que vemos mientras seguimos a Ferrolite, junto con nuestros guardias, alrededor de ese círculo. Desde fuera, el Meridia parecía masivo, pero solo cuando estoy dentro de uno de sus niveles entiendo lo grande que tiene que ser la estructura. Caminamos fuera de la vista de la bahía de atraque, siguiendo un camino salpicado de rocas brillantes, esculturas metálicas de criaturas cubiertas con lo que parecen dientes, y lo que parece ser un enorme Fassoth disecado colocado junto a un tramo de pared.

De vez en cuando, a nuestra izquierda, hacia el centro del nivel, el círculo se rompe en pequeños pasajes. Cada uno de estos está marcado por un voladizo que lleva un par de números. Primero son tres y cuatro, luego cinco y seis.

—Secciones —dice Ferrolite cuando pregunto—. Cada uno de los doce miembros del Coro tiene su propia parte de la cámara central para llamarla suya. Si quisiera visitar a, digamos, Millinite, tendría que ir hasta llegar a la sección diez.

—¿Cuál es la suya? —pregunta Malo.

—No soy parte del Coro. Al menos, no todavía —la declaración de Ferrolite gotea con la misma ambición que escuché en la voz de Jakkan, lo mismo que oí cuando Jel habló de nuestra contribución a los Sevora, y lo que sentí de Ignos todas esas veces que se sumergía en sus digresiones sobre el futuro de la humanidad.

—Es para eso que nos quiere, ¿verdad? —dice Viera—. ¿Kaishi entrega la humanidad al Coro y Ferrolite obtiene su gran bono?

Uno de los guardias Flaum deja escapar una risa chillona ante eso, aunque la criatura peluda la corta rápidamente cuando Ferrolite gira bruscamente. —Conseguir un lugar en el Coro es más que un simple logro. También debes tener el momento adecuado. Ahora mismo, no hay asiento vacante. Solo cuando uno está vacío, tendría siquiera una oportunidad.

—¿Adivino que eso sucede cuando matan a uno de ellos?

Cierro los ojos por un segundo, sacudo la cabeza. Viera va a hacer que nos echen antes de que siquiera nos unamos.

—La muerte ocurre, pero es rara —Ferrolite no parece ofendido—. Más a menudo, nos aburrimos. Como les pasaría a ustedes, imagino, si pasaran ciclos haciendo lo mismo. Los Amigga se van para perseguir sus intereses, y otros toman su lugar.

Ferrolite reanuda el recorrido y aprovecho el momento para retroceder junto a Viera, preguntarle si realmente quiere molestar a todos los que conocemos.

—Kaishi, solo piensa lo bien que te verás junto a mí —ofrece Viera.

—Tiene razón —dice Malo—. Hay una razón por la que todos en la Tierra odiaban a los Lunare.

—Los humanos son tan extraños —murmura T'Oli desde mis hombros.

No es hasta que llegamos a la sección nueve que Ferrolite detiene nuestra expedición. A diferencia de las otras secciones, esta tiene una criatura masiva frente a ella, una que no veo claramente hasta que estamos a un par de metros. Es como si la luz —aquí, mayormente blanca— se doblara lejos de su masa, convirtiéndola en una distorsión brillante ante mis ojos en lugar de un objeto sólido.

—Hemos llegado —anuncia Ferrolite a la cosa cuando nos acercamos—. Tengo a los humanos conmigo.

—El Coro tiene otros asuntos ahora —responde la criatura en un flujo constante de siseos. Reconozco el habla y miro a Malo, cuyo rostro serio dice que también conoce ese sonido. Un Oratus, pero uno que se ve muy diferente de lo que estamos acostumbrados—. Tendrán que esperar.

—¡Esta es una nueva especie! Desean unirse —protesta Ferrolite—. No pueden retrasar esto.

—No es mi decisión, ni la suya —responde el Oratus—. La Primera Silla está bien consciente de su llegada, y la inducción sucederá cuando el Coro esté listo para ello. Llévelos a una sala de espera.

Ferrolite balbucea una maldición en un idioma que no conozco, luego se vuelve hacia nosotros. —Vengan conmigo. Encontraremos un espacio para ustedes en algún lugar. No debería tardar mucho.

Sin embargo, no logramos dar más de tres pasos antes de que el Oratus sisee a nuestras espaldas: —Ferrolite, el Coro verá a su nueva especie ahora.

Viera suelta una risa, y yo reprimo la mía. Había visto a mi padre, había visto al Emperador Charre hacer desaires similares. Un poco de provocación al orgullo para asegurarse de que un jugador no olvidara su lugar. Ferrolite también se da cuenta, grita a los guardias Flaum que se vayan, luego nos dice que lo sigamos adentro.

Mientras pasamos junto al masivo Oratus, siento el aliento caliente que sale de sus conductos. Es tanto asqueroso como alienígena, un recordatorio de que estamos en un lugar que no entiendo, a punto de unirnos a un imperio galáctico que ve a la humanidad como una joya más en su colección.

CAPÍTULO 6
EL ESPECTÁCULO

LAS PUERTAS del ascensor se abren a un nivel que Sax nunca ha visitado, pero que ha visto muchas veces antes. Frente a Sax, más allá de los hombros de Kah, un espacio central con un amplio círculo blanco domina la mayor parte del nivel. Frente a estas puertas del ascensor hay un segundo conjunto idéntico. A ambos lados de la cámara central hay altas paredes de cristal adornadas con cámaras pintadas de negro que apuntan hacia ese espacio blanco en el medio. En las propias paredes de cristal, que Sax ve mientras Kah lo arrastra flotando hacia la habitación, se está reproduciendo una transmisión.

Cavignum, la gigantesca planta de energía situada en el borde de la larga noche de Aspicis, brilla en naranja sobre las paredes. Esquifes y otras naves, muchas con varias luces parpadeantes, rodean la estructura. Aparentemente todavía está bajo vigilancia de emergencia después de que Sax y Bas la atravesaran. La vista hace florecer un poco de calidez en el estómago de Sax, restringido por los anillos; siempre es satisfactorio ver un buen resultado.

Kah coloca a su prisionero sobre el círculo blanco en el

centro de la habitación, y orienta a Sax hacia la pared de cristal con más cámaras, todas las cuales ostentan pequeñas luces rojas apuntando hacia su rostro. Sax no es propenso a los escalofríos, a los hormigueos nerviosos, pero estar aquí, en esta habitación donde tantos traidores al Coro han muerto, le produce una inquietante punzada. El último tipo de muerte que un Oratus desea es una ejecución sumaria. No hay mucho honor en eso.

Una forma se mueve detrás de la transmisión y uno de los paneles, que muestra la superficie cubierta de enredaderas de Aspicis a la derecha de Cavignum, se apaga cuando la puerta de la pared de cristal se abre y otro Amigga flota hacia afuera. A diferencia del Primer Presidente, este no tiene más que una simple plataforma de micro-propulsores y un arnés con un cuarteto de pequeñas manos de tres dedos de aspecto ágil. Se orienta hacia Sax y mira al Oratus sin hablar durante un largo momento.

—Hace bastante tiempo que no teníamos a uno de ustedes —dice el Amigga, y a diferencia del tono metálico del Primer Presidente, este tiene un chillido rasposo, una voz elegida para molestar, para ahuyentar conversaciones y que su dueño pudiera volver al silencio deseado—. Las especies más pequeñas encajan mejor en el encuadre, pero nos las arreglaremos. Bájalo.

Kah sisea y hace lo que el Amigga pide. Sax se hunde en el punto blanco, que, cuando sus garras lo tocan, fluye hacia arriba y alrededor de sus piernas. Alrededor de su cola. Sujetando y sellando a Sax. Donde, con los anillos, Sax podía inclinarse de un lado a otro, podía mover su cola, aquí Sax se mantiene rígido. ¿La única ventaja? Con la plataforma envolviéndolo, los anillos se aflojan. Dejan que Sax respire completamente.

Hay una razón para esto. Una que Sax conoce porque

ha visto esto desarrollarse antes: querrán una confesión, un reconocimiento público de cuán correcto está el Coro. La mayoría de los prisioneros se niegan a darla, dado que su muerte es una certeza, pero el Coro siempre pregunta. Siempre da a sus víctimas una última oportunidad de suplicar por sus vidas.

—Parece que formabas parte del Vincere —dice el Amigga una vez que Sax está asegurado—. No sé por qué pensaría algo diferente, excepto que el Vincere normalmente hace un mejor trabajo matando a sus propios traidores. Misiones suicidas y cosas así. Aun así, estás aquí ahora, lo que significa que tienes una opción. El Primer Presidente me dijo que tienes una última oportunidad de hablar. Di todo lo que sabes sobre el enemigo y mantendremos estas cámaras apagadas. Haremos que Kah aquí termine las cosas rápido y en privado. Que nadie sepa tu vergüenza.

Sax mira furioso al Amigga. El orbe no hace nada en respuesta.

—O, si te mantienes callado, como esa mirada dice que vas a hacer, entonces estas cámaras se encenderán en unos minutos. Se conectarán al Rayo Prioritario, situado en la parte superior de esta torre, que transmitirá tu patética muerte a cada rincón de la galaxia. Toda la gente con la que serviste, cada planeta al que fuiste, cada una de las especies que amenazaste con esas brillantes garras tuyas sabrá que estás recibiendo el destino de un traidor.

Las palabras del Amigga cortan más profundo que cualquier cosa que Kah o el Primer Presidente dijeron. Es cómo el Amigga presenta la situación de Sax; como un hecho. Un ajuste de cuentas frío y duro que Sax será recordado como nada más que un fracaso, un desperdicio de soldado que ni siquiera pudo servir efectivamente a sus propios creadores. Con esas palabras viene un futuro certero, donde la fuerza de Evva es aplastada y todos los logros que Sax y Bas alcanzaron con el Vincere son borrados por su imprudente elección de apuntar a algo más alto que sus órdenes.

El destino de un traidor.

¿Está Sax listo para eso?

Hay un destello en el cristal que capta el ojo de Sax, una rápida ráfaga de palabras mientras el enfoque cambia en Cavignum. Se inclina más cerca para decir que los equipos de reparación están en el sitio, que los ingenieros están trabajando a través del software y otros mecanismos para asegurarse de que las operaciones no se vean afectadas. Las palabras cambian de nuevo para advertir que breves cortes de energía pueden ser necesarios mientras Cavignum se reinicia a su orden de trabajo adecuado.

—¿En qué piensas, Oratus? No mires eso. No te importa —después de que el Amigga dice las palabras, la transmisión se apaga—. Dime lo que quieres. Será tu última elección en esta vida, así que hazla con cuidado.

Sin embargo, Sax está distraído por la imagen ahora desaparecida de Cavignum. Esas luces parpadeantes y la transmisión pánica son una señal de que sus luchas no han sido un completo desperdicio. *Han* logrado algo, aunque la suma total del resultado todavía se está determinando.

Nobaa y Engee, un par de ingenieros Teven, deberían estar dentro de Cavignum ahora. Sus cuerpos delgados estarían dirigiéndose directamente al centro de comando de la estación de energía, donde pueden, donde podrían, controlar el acceso a las esclusas exteriores del Meridia. Cortar la energía, y el equipo de Evva tiene una oportunidad de entrar. Apagar las alertas de seguridad, y los refuerzos tardarán en llegar. Una oportunidad que solo es posible porque Sax se entregó.

Por eso está aquí. Por eso Sax puede aceptar su destino:

no es un traidor, es un luchador. Un creyente en algo mejor que el universo en el que nació.

Así que Sax le muestra los dientes al Amigga y emite un largo y profundo siseo. Uno que expresa exactamente lo que le espera al Amigga si, cuando, Sax se libere de este molde blanco.

—Bien. Es todo lo que puedo esperar de tu clase —dice el Amigga, y luego ríe. Una de sus manos metálicas se eleva y, detrás de Sax, otra de las puertas se abre y sale un par de los omnipresentes Flaum. A diferencia de los guardias del Primer Presidente, estos no tienen armas ni armadura; un simple chaleco verde-azul con el parche del Coro revela su posición—. Preparen el marco y alistémonos para mostrarle a este Oratus su salida de la vida.

El Amigga desaparece tras su puerta, y la transmisión del Cavignum regresa, mientras los dos Flaum estallan en movimientos chirriantes. Usando pequeñas terminales portátiles, los Flaum rodean a Sax y alinean las cámaras, que pían para reconocer los comandos mientras ajustan sus tomas. La acción es tanto aburrida como infinita, mientras Sax se consume en pensamientos sobre su propia muerte mientras las necesidades publicitarias la retrasan cada vez más.

Hasta que, finalmente, los dos Flaum se forman de nuevo a la derecha de Sax, entre las puertas de cristal, y anuncian que su trabajo está completo.

—Entonces regresen a sus estaciones —anuncia el Amigga desde su escondite detrás de la pared de cristal—. Cambien el Rayo Prioritario del Cavignum a esta sala y comencemos.

Los Flaum desaparecen y, siete segundos después, la imagen en el cristal frente a Sax cambia. Ahora se ve a sí mismo. Encerrado en la plataforma blanca, mirando la proyección de cristal. La pantalla cambia, mostrando a Sax desde varios ángulos, y Sax está tan inmerso en sus propias escamas grises sucias, en las cicatrices y las placas metálicas, que no se da cuenta de que el Amigga está hablando. Parloteando sobre cómo Sax es un traidor a esto y aquello, un enemigo del Coro y merecedor de una muerte lenta y dolorosa.

Sax lo ha escuchado todo antes y lo ignora. En su lugar, se concentra en la imagen, intenta verse fuerte. Confiado. Existe la posibilidad de que Bas esté viendo esto. Existe la posibilidad de que esta sea la última vez que vea a su pareja.

Quiere que ella esté orgullosa. Quiere que ella lo recuerde.

Así que cuando el Amigga hace una larga pausa, Sax esboza una amplia sonrisa dentada. Toma un profundo respiro.

—Alto. Corten la transmisión —ordena el Amigga—. Cambien al canal terrestre. El Meridia. Es la nueva prioridad.

Y Sax desaparece del cristal, reemplazado por una vista amplia de la entrada principal del Meridia. Un amplio patio de piedra con piscinas de masa nutritiva púrpura que se canalizan hacia una serie de escalones, bordeados por rampas ascendentes para acomodar a otras especies, que conducen hacia una gran puerta azul seccionada. Una gigantesca C hundida está incrustada en el centro de la barrera, y es justo en medio de ella donde impacta el primer disparo. Un rayo rojo, demasiado pequeño y débil para causar daño real, el disparo deja una marca negra en la puerta principal del Meridia.

Una señal.

El ataque está comenzando.

Sax comprende el verdadero significado de ese primer

disparo. No se trata de dejar una marca; es probar que las defensas del Meridia están caídas. Un asalto energético debería haber sido bloqueado por las protecciones del Coro, debería haber sido absorbido por las barreras destinadas a evitar que lo que está a punto de suceder, bueno, suceda.

Si hay una ventaja en recibir una ejecución transmitida, es que Sax tiene una vista perfecta mientras comienza el asalto. Las cámaras del Meridia se abren para mostrar una barrera de esquifes, grandes y pequeños, convergiendo. Un número de guardias del Coro, unos dos docenas, se dan la vuelta y huyen ante la vista de la fuerza, retrocediendo hacia la entrada. No hay armas aquí abajo. No hay defensas exteriores más allá de los escudos.

¿Por qué las habría? Con el Vincere protegiendo el planeta desde la órbita y el Coro restringiendo el número de personas permitidas en Aspicis, reunir cualquier fuerza lo suficientemente grande para asaltar el Meridia debería ser imposible. Sin embargo, aquí está. Docenas y docenas de Flaum, dispersiones de otras especies, y un trío de Oratus liderados por la forma negra y roja de Evva entran veloces en la imagen.

Destellos azules se lanzan desde los zumbantes esquifes hacia las fuerzas del Coro que huyen, golpeando a los Flaum y aturdiéndolos, dejando cuerpos tendidos sobre las piedras blancas. Incluso cuando el propio Sax siente el impulso de contraatacar, de derribar a los enemigos, entiende por qué Evva no dispara a matar; aquellos que sirven al Coro hoy podrían servir a su reemplazo mañana. Los únicos verdaderos enemigos aquí son los Amigga.

Sax siente una garra tocar la parte posterior de su cuello.

El Amigga y el Oratus espejado.

—Un retraso —sisea Kah—. No te hagas ilusiones con

tus amigos. Tenemos suficientes defensas aquí para lidiar con ellos, y el Vincere enviará apoyo aéreo. Su final será como el tuyo; rápido, y visto por todos.

—Tal vez, pero ahora parecen un montón de cobardes —sisea Sax en respuesta.

Kah parece estar de acuerdo con su cautivo, porque el Oratus levanta una garra y sisea una pregunta al Amigga mientras los defensores del Coro continúan desmoronándose ante el ataque. Ahora los esquifes están aterrizando, y las fuerzas de Evva corren hacia esa gran entrada. Estarán allí en un momento, y si Nobaa y Engee tienen éxito, es entonces cuando tomarán el control de la energía del Meridia y abrirán esa puerta de golpe.

—¿Volvemos a la ejecución? —entona el Amigga desde detrás de su cristal—. Tienes razón. Esto no está favoreciendo nuestra imagen.

La transmisión cambia de nuevo, volviendo a Sax. Kah está en la imagen ahora, el Oratus cerniéndose sobre su cautivo, listo para dar el golpe.

—¿Listo? —sisea Kah, pero no a Sax.

—He estado esperando —responde Sax de todos modos.

—Le falta ceremonia —llama el Amigga—. Pero adelante.

—Adiós, traidor —dice Kah, y Sax observa la imagen mientras Kah se agacha a su nivel, las escamas reflectantes difuminando el cuerpo de Kah en la luz. Las mandíbulas del Oratus espejado se abren, dirigiéndose hacia Sax.

Las luces no parpadean; mueren. Incluso esos puntos diminutos en la cámara. El molde blanco que mantiene a Sax en su lugar también muere, derritiéndose hasta el suelo en un instante cuando la corriente eléctrica que mantiene su forma desaparece. Sax no está preparado, pero sus garras ya están en el suelo, por lo que amortiguan su caída. El instinto actúa después: con un chasquido de sus mandíbulas y un movimiento rodante y cortante, Sax separa los anillos sueltos de sus escamas antes de que Kah logre tomar el control. El Oratus espejado en cambio cierra sus dientes en el aire, el silbido del movimiento rozando sobre la cola de Sax.

Sax no tiene máscara y no puede ver en la oscuridad, así que sigue los olores. Los sonidos de las puertas de cristal abriéndose y los Flaum irrumpiendo en la habitación. Gritan para atrapar a Sax, que es todo lo que logran decir antes de que el Oratus, saltando por el aire como una muerte silenciosa, los golpee y derribe a las criaturas peludas al suelo con sus garras medias. Adivinando el acercamiento de Kah, Sax agita su cola al aterrizar y obtiene un satisfactorio *golpe* con el movimiento. Kah recibe el impacto y tropieza contra la pared de cristal que, como testimonio de los materiales que el Coro usó en su torre insignia, no se rompe.

En la oscuridad, Sax agarra la razón por la que los Flaum salieron de su habitación en primer lugar: aturdidores mineros. Allí para este propósito; una ejecución fallida que necesita pacificación agresiva. Las armas son pequeñas para las garras de Sax, pero no está disparando a distancia; un disparo de cada una confirma que los dos Flaum, ya heridos por las garras de Sax, no se moverán por un buen tiempo.

Kah se delata con un siseo y Sax se gira cuando, con un destello, las luces vuelven a encenderse. Ambos Oratus se detienen, porque ambos saben que Sax tiene la posición y las armas para hacer de esto una pelea corta.

—¿Qué estás esperando? —anuncia el Amigga detrás de su barrera de cristal—. ¡Mata al traidor!

—¿Vas a dispararme, Sax? —pregunta Kah, extendiendo sus garras—. ¿Indefenso?

—Sí —sisea Sax, y aprieta los gatillos de ambos mineros.

Dos destellos azules brillan, dos impactan en su objetivo, y Kah se desploma en el suelo en parálisis congelada; ni siquiera una máscara te mantiene en pie a esta distancia. Con un paso rápido, Sax se acerca al Oratus caído y muerde, cercenando la garra delantera derecha de Kah. Sax la toma, la sostiene y mira el apéndice sangriento. Coorvin, el Flaum que había logrado espiar para Evva, dijo que la Meridia opera con bioescáneres, y Sax está apostando a que la huella de la garra de Kah lo llevará a donde quiere ir.

Ahora solo quedan los ascensores, hacia los que Sax retrocede, con los ojos fijos en esas puertas de cristal. Tiene que estar atento a cualquier intento del Amigga, que se mantiene bastante callado ahora que no hay nadie más para defenderlo. Una parte de Sax quiere entrar y destruir a la criatura, pero dado que la transmisión todavía muestra el centro del piso, antes ocupado por Sax en su silla de ejecución y ahora por la forma inmóvil de Kah, el Coro sabrá lo que está sucediendo. Vendrán más guardias.

Sax no estará aquí cuando lleguen.

CAPÍTULO 7

JURAMENTO

ENTRO en el centro de la organización gobernante de la galaxia y no puedo ver nada.

Todo está negro mientras dejamos el pequeño pasillo que conduce desde el círculo exterior. Ferrolite flota frente a mí hasta que el Amigga ya no está ahí; simplemente se desvanece en la oscuridad. Sigo caminando, esperando que, de alguna manera, todo se revele. Lo único que percibo es un sutil cambio en el aire, un eco más amplio de mis suaves pasos que anuncia que sí, estamos en un espacio más grande que antes.

—Yo, Ferrolite, os pido que deis la bienvenida a la nueva especie que se une a nuestro colectivo galáctico —la voz de Ferrolite estalla un poco delante de mí, tan cerca que dejo de moverme por miedo a chocar contra el Amigga—. Los humanos, del planeta previamente designado como Ex-Dos-Cinco-Cero, pero que, según la costumbre de nuestra nueva especie, será renombrado desde ahora con su título preferido: Tierra.

Escucho lo que Ferrolite está diciendo mientras el Amigga continúa con una versión extensa de nuestro descubrimiento en la guerra contra los Sevora. Ferrolite parece estar hablando a una audiencia, pero mientras miro a mi alrededor, no hay nada más que oscuridad. O esto es un truco, o el Coro no necesita luz para realizar sus asuntos.

—¿Qué está pasando? —me susurra Malo—. ¿Puedes ver algo?

Empiezo a negar con la cabeza, luego me doy cuenta de que Malo tampoco podría ver eso—. No, todo está oscuro.

—¿Quizás los Amigga no necesitan luz? —sugiere Viera —. No tienen ojos, ¿verdad?

El comentario de Viera me hace darme cuenta de que el Coro podría estar observándonos ahora mismo, riéndose mientras giramos buscando una luz que no está ahí. Demostrando la plena competencia de nuestra especie al dar vueltas como idiotas frente a nuestros nuevos líderes.

—Yo puedo ver todo perfectamente —dice T'Oli con su característico parloteo—. ¿De qué están hablando?

Estoy a punto de responderle a T'Oli cuando noto que Ferrolite se ha quedado en silencio y las últimas palabras del Ooblot quedan suspendidas en el aire inmóvil de la sala.

—¿Hay algún problema, Kaishi? —me pregunta Ferrolite.

—No podemos ver —respondo—. Todo está negro.

Hay una pausa mientras todos asimilan lo que acabo de decir y buscan una solución, luego media docena de voces mecánicas y afinadas sueltan varias frases como "espectro" y "ondas de luz", terminando con una voz más fuerte y aguda, como una hoja de bronce cortando todo lo demás.

—Salcite, ajusta la luz de la sala a onda media —dice la voz—. Estas criaturas son sensibles.

Como Ignos trayendo el amanecer a un nuevo día, la sala surge de la nada. Las formas comienzan a moldearse desde la oscuridad; una larga pared interior rodeando la plataforma central donde estamos, con paredes divisorias separando las secciones que Ferrolite describió en nuestra visita. Cada sección es diferente, presumiblemente reflejando las pasiones del Amigga propietario, y veo de todo, desde terminales brillantes hasta bestias colgantes, hasta un enjambre de Flaum parloteantes rodeando a un Amigga descansando en un estrado flotante, como un Emperador Charre de antaño. Dos de las doce secciones están pobladas por proyecciones nebulosas, como el fantasma que vimos en la Tierra, con manchas color turquesa flotando en el espacio.

A diferencia del anillo que rodea la cámara del Coro, no hay mucho aquí fuera de las propias secciones. Sin arte elaborado, sin homenajes a los planetas de la galaxia. Solo un espacio plano y sin adornos para nosotros y una serie de luces fijas en el techo que proyectan un rojo profundo por toda la sala, de modo que parece que todos están bañados en un lavado sangriento.

—¿Ahora pueden ver? —pregunta la misma voz.

—Podemos —estoy a punto de añadir "más o menos", pero algo en esa voz me dice que no es momento de ponerse quisquilloso—. Gracias.

—Entonces, ¿puedo continuar? —interviene Ferrolite—. Como estaba diciendo, estábamos sobre Vimelia, y yo estaba ayudando a Kolas a idear el plan para usar la propia luna del planeta para aplastar...

Una breve ráfaga de estática corta al Amigga, como el sonido de un claxon grosero. Intento encontrar la fuente, pero no logro localizarla antes de que la voz que había estado dando órdenes hable de nuevo.

—Ferrolite, tu informe y sus debidos elogios vendrán después. Hay otros asuntos urgentes que debemos atender. Propongo comenzar el Juramento de Unión en este momento, para que podamos ocuparnos de otros asuntos —dice la voz, y aunque entiendo que está pidiendo la opinión de los demás, el tono sugiere que no hay otra opción más que la que desea.

—Primera Silla —comienza Ferrolite, pero sus palabras son ahogadas por otra ráfaga de estática.

Una por una, esferas del tamaño de mi cabeza, adheridas al frente de las secciones de los Amigga, se iluminan en tonos verdes. Parpadean hasta que todo el círculo se completa: un veredicto unánime. Ferrolite da una lenta vuelta mirando las luces, luego flota de regreso junto a mí, hacia el camino por donde vinimos y se mantiene allí en los márgenes.

Agradezco que Malo y Viera estén justo detrás de mí, que T'Oli aún descanse sobre mis hombros, de lo contrario podría ponerme un poco nerviosa al estar en el centro, siendo el foco de toda esa atención alienígena.

—¿Estás lista para comenzar? —retumba la voz.

Un peso invisible cae sobre mí cuando el Amigga pronuncia las palabras. El mismo peso que sentí cuando me paré en lo alto del Nivel de mi tribu, con Ignos en mi cabeza diciéndome qué decir. El mismo peso que sentí en los momentos antes de dejar a Sax y Bas en el *Cobalt* para emprender nuestro propio camino; este es un paso que no puedo deshacer.

A diferencia de esos momentos, aquí estoy en una sala amplia, roja y oscura, rodeada de criaturas que no conozco y no entiendo. Las consecuencias de lo que estoy a punto de hacer son difusas, con beneficios relucientes de milagros infinitos manchados con la niebla de todo lo que he visto hacer a los Amigga.

Así que dudo. Y pregunto.

—Estoy lista, pero primero, quiero saber —digo, cada

palabra presionando contra la anterior y luego saliendo todas juntas—. Ferrolite ha prometido a la humanidad vuestra ayuda: curas para enfermedades, tecnología que hará nuestras vidas menos peligrosas y más plenas, y protección contra invasiones como la de los Sevora que acabamos de sobrevivir.

—Todo eso recibirán —responde la Primera Silla—. Y mucho más todavía. Recuerda, fue bajo nuestra orden que los Vincere vinieron y salvaron a tu especie. Fue bajo nuestra orden que los Sevora fueron destruidos.

Siento a Malo colocarse a mi lado. Su rostro está firme, sereno. No pone su mano en mi hombro, pero siento su apoyo de todas formas. —No derrotaron a los Sevora. Kaishi lo hizo. *Nosotros* lo hicimos. Le deben a ella, y al resto de la humanidad, el agradecimiento que se están atribuyendo.

La acusación de Malo deja la sala sin aire. Me pregunto si el Coro ha sido alguna vez reprendido en su cara, aquí en esta cámara. Podrían decidir matarnos aquí y ahora. Encontrar un nuevo embajador menos confiado de nuestra especie.

—Humano —retumba la voz—. Soy la Primera Silla. Líder del Coro, los doce Amigga responsables de los billones de vidas en esta galaxia. Incluyendo, lo desees o no, la tuya. En esta cámara, entenderás la medida de tu mínima parte en comparación con nuestra inmensa participación y hablarás en consecuencia.

Una pausa. Niego con la cabeza, sabiendo que Viera está abriendo la boca detrás de mí, a punto de soltar alguna réplica que nos matará a todos. De alguna manera, funciona. Mi amiga de sangre caliente permanece callada. Mi amigo frío también; Malo logra contener las palabras, su estoicismo Charre le permite guardar el momento para después.

—Sin embargo —continúa la Primera Silla—, tienes razón al señalar los esfuerzos de tu propia especie. Los tuyos individuales también. El Coro *sí* reconoce la ayuda que han proporcionado a la galaxia, humano, por eso estás aquí ahora. Tu especie recibirá todo lo que hemos prometido, y lo daremos con gusto. Si esa respuesta te satisface, Kaishi, embajadora ante el Coro, escucharemos tu juramento.

Una mirada muestra que Malo no está apaciguado por las palabras, pero me da el más leve de los asentimientos. Sus argumentos han terminado. Una mirada hacia Viera me gana un encogimiento de hombros y poco más; la Lunare se desliza por la vida, tomando lo que viene y esto no es diferente. T'Oli, sobre mis hombros, me da un par de toques como diciendo *tranquila*, y luego se endurece como una manta firme. Confort para el momento en que entregue la independencia de mi especie.

—Estoy lista. Díganme qué debo decir.

Estoy cayendo. Así es como se siente. Estoy saltando y ahora estoy en el aire, soportando el descenso en toda su aterradora insensibilidad hasta que toque el suelo.

—Primero, tus acompañantes deben retroceder hasta el borde de la sala —dice la Primera Silla—. En este juramento, tú eres la totalidad de tu especie, tanto tú misma como cada uno de ellos. Esto incluye a la criatura sobre tus hombros.

Malo ofrece un brazo para que T'Oli se trepe, y luego el guerrero me envuelve en un abrazo apretado.

—Creo en ti —susurra Malo, y se ha ido antes de que tenga la oportunidad de responder algo.

Y entonces estoy sola, de pie en el centro de ese círculo.

—El juramento que estás a punto de pronunciar ha sido tomado por docenas antes que tú —dice la Primera Silla, y aunque su voz llega a través del filtro granuloso de un altavoz en lugar de una boca, las palabras llevan una cadencia que sugiere el comienzo de una ceremonia—. Será tomado por docenas después. Repetirás las palabras tal como son pronunciadas, de la manera más adecuada para tu especie. Tus respuestas serán grabadas y, al concluir el juramento, serán enviadas a cada rincón de la galaxia, para que todos conozcan tu compromiso, y todos conozcan tu recompensa.

En la inmensa pausa me pregunto si debería responder, cuando la iluminación roja de la cámara se desvanece excepto por dos halos, uno alrededor de mí y otro alrededor del Amigga que debe ser la Primera Silla. Es más grande que Dalachite, el Amigga que dirigía el *Cobalt*, pero carece de las infinitas frondas que vinculaban a Dalachite con su hogar elegido. La Primera Silla flota como Ferrolite, pero en lugar de una cáscara transparente, anillos rodean su cuerpo. Rotan uno alrededor del otro, con el Amigga en el centro, los anillos girando por encima, por debajo y alrededor. Su movimiento o algo sobre ellos mantiene a la Primera Silla en el aire, y aunque el Amigga no tiene ojos que pueda ver, siento su mirada.

—Declara tu nombre y tu especie.

En la oscuridad, las palabras de la Primera Silla vienen de todas partes a mi alrededor, fuertes. Como si me estuviera hablando un dios.

—Mi nombre es Kaishi, y soy humana —hago una pausa—. De la Tierra.

No hay otro lugar donde mirar excepto a la Primera Silla y sus anillos, así que ahí es donde fijo mi mirada.

—Yo, Kaishi, me someto a mí misma y a mi especie, los humanos, al servicio de un universo mejor —comienza la Primera Silla.

La respuesta sale de mi boca, automática. Las palabras son entumecedoras. Necesarias. Una conversación privada, una danza entre yo y esta extraña criatura. Incluso mientras hablo, sin embargo, mi mente divaga.

De vuelta a la cima del Nivel, con mi padre a mi lado y nuestra tribu observando desde debajo de los escalones rocosos del Nivel. Ignos desvaneciéndose en el cielo y aun así hablando palabras en mi mente, ordenándome unir a la gente de mi padre a su voluntad. Desesperada y asustada, me aferro a las palabras del Sevora como la única cuerda que puede salvarme de mis propios errores, y mis manos agarran el cuchillo de cristal negro, sabiendo lo que se espera de su brillante filo.

Cada palabra que pronuncio es por mi especie, cada frase nos une al Coro y su dirección.

Estoy de vuelta en el *Cobalt*, de pie en la plataforma mientras las pruebas de Dalachite me pinchan y me sondean, retuercen mis ojos y juegan con mis sentidos. No soy nada más que una prueba, un sujeto para ser examinado y explorado incluso cuando, momentos antes, otros me llamaban Emperatriz con labios obedientes. Sola, me apoyo en mí misma, lleno el vacío entre el calor y el frío, el dolor penetrante y los toques metálicos helados con determinación, la voluntad de seguir adelante.

La voluntad del Coro es mi voluntad, su creencia es mi creencia, y sus sueños son mis sueños.

En las cavernas bajo Vimelia, camino entre pueblos en ruinas, alienígenas que no reconozco haciendo lo que yo hago: sobrevivir. A mi lado hay un viejo Amigga, lamentando que su mayor pérdida es que ahora morirá. Que morir, en sí mismo, pudiera ser una *elección* está más allá de todo lo que jamás he considerado. Ni una sola alma en mi tribu, entre mis amigos, piensa que la inmortalidad es posible, pero para este ser, es práctica. Sin embargo, mientras se lamenta por pagar el precio más alto, miro a los que me rodean y veo tanta vida, tanto espíritu donde no debería haber ninguno. Disfrutando de la vida que tienen, por frágil e imperfecta que sea.

Cada esfuerzo que hagamos, cada acción que tomemos, servirá a los deseos del Coro, y al hacerlo, a los nuestros.

Marilo pasa apresurado junto a mí, tanto mi gente como los que no lo son trabajando juntos para reparar edificios dañados, forjar nuevas armas o subir por las escaleras hacia los acantilados para defender nuestra última ciudad contra un enemigo que no podemos vencer. Hay rostros sombríos por todas partes, y aunque el gélido agarre del terror debería tener a todos sometidos, no veo miedo en nuestros ojos. Se oyen llamados pidiendo vino, otros pan, y se reparten las sobras donde se puede para mantener la ciudad funcionando. Para mantener viva nuestra esperanza.

Pues con este juramento, nos convertimos en socios de un gran designio, y nos comprometemos para siempre con el progreso.

Malo, Ignos se yergue sobre mí en la luz dorada y brillante de la sala en la nave semilla, y lo único que detiene la lanza mortal del Sevora es el último y desesperado esfuerzo de mi amigo más cercano, a quien creí haber perdido. Malo había sido capturado durante días, destrozado y convertido contra su voluntad en una herramienta. Una utilizada para lo opuesto al propósito de Malo: su amor incondicional por su gente. Malo luchó contra lo imposible y, al atreverse a intentarlo, tuvo éxito.

—Servimos al Coro. Ahora y siempre, con lazos inquebrantables —concluye el Primer Presidente.

Respiro hondo. Una larga inhalación, y siento el lento deslizamiento del aire en mi cuerpo. Este es el momento. Con unas simples palabras cumpliré un trato que liberará a mi gente de sus penurias, y todo lo que estoy sacrificando a cambio es nuestra libertad. Qué pequeño precio a pagar por los milagros del Coro.

Padre, Madre, espero que estén orgullosos.

—Termina el juramento —insiste el Primer Presidente.

Busco al Amigga y fijo mis ojos en la criatura y sus bandas metálicas ondulantes. Abro la boca. Cuando digo la primera palabra, todo parpadea en blanco, un fuerte tono ahoga mi voz, y antes de que pueda considerar el resto, media docena de Oratus difusos y espejados están de pie en el círculo central a mi alrededor. Sin embargo, no me miran a mí, sino a su líder.

—Primer Presidente —sisea el más cercano al líder del Coro—. Una fuerza enemiga está intentando penetrar en la Meridia, y creemos que uno o más de ellos están sueltos dentro de la torre.

Miro a Malo y Viera, pero todo lo que veo en sus rostros es confusión. Nada que ver con nosotros, entonces. Ferrolite flota en la entrada, su cuerpo inexpresivo ilegible. T'Oli, sin embargo, hace un movimiento, liberándose para deslizarse hacia mí, envolviéndose alrededor de mi pecho y hombros y provocando un siseo de advertencia de uno de los Oratus en el proceso.

—Activen el protocolo de insurgencia —dice el Primer Presidente—. El Coro evacuará como precaución. —Cuando el Primer Presidente termina las palabras, la actividad estalla a mi alrededor. Los Oratus espejados saltan a varias secciones donde los Amigga están flotando, empujándolos a ellos y a sus asistentes Flaum y Whelk hacia sus salidas. La pareja de Amigga que aparecía como imágenes parpadea y desaparece sin hacer ruido—. Humanos —continúa el Primer Presidente—. Desafortunadamente, esta ceremonia y sus discusiones subsiguientes deben posponerse. Ferrolite les mostrará una cámara segura donde podrán esperar nuestra llamada para continuar.

—¿No terminamos? —digo más para mí misma que para los demás, incluso mientras Malo me hace señas para que me una a ellos cerca de la forma flotante de Ferrolite.

—Nunca dijiste la última línea —responde T'Oli—. Por ahora, los humanos no obtendrán nada del Coro. ¡Felicitaciones!

—¿Por qué dices eso?

—La mayor parte de mi vida estuve bajo el dominio de los Sevora. No volvería a renunciar a mi libertad por nada.

El parloteo de T'Oli no es fácil de entender sobre el repiqueteo de las garras de los Oratus, el zumbido de palabras y siseos, y mi propio corazón palpitante mientras intenta calmarse después del juramento, pero entiendo lo que el Ooblot está tratando de decir. Visto como un cálculo frío, entregar la humanidad al Coro significaría una infinita cantidad de beneficios, pero también significaría darnos el mismo trato que a los Flaum que corretean a mi alrededor, que a los Oratus ordenados a vigilar este y aquel nivel, los Whelk comandados a preparar las lanzaderas para la evacuación, y los Vyphen, ni siquiera presentes, desechados y olvidados. ¿Qué papel asumiríamos nosotros?

Ferrolite se desliza al frente mientras los Oratus espejados nos escoltan fuera de la sala, sus formas difusas se hacen más imponentes por el aliento caliente de sus respiraderos y sus siseantes órdenes de movernos más rápido. El anillo exterior es un caos: las especies corren al azar mientras sonidos, luces y señales que no entiendo indican a un Flaum que gire a la derecha en un pasillo lateral, hacen retroceder a otro Whelk por la entrada que acabamos de dejar, y envían a un escuadrón de parloteantes Teven vestidos con túnicas corriendo junto a nosotros sin mirarnos.

—Yo también debería irme —le dice Ferrolite a un Oratus espejado que ha tomado posición detrás de nosotros, haciendo de guardia de la cámara del Coro—. Busquen un Flaum para escoltar a los humanos.

—El Primer Presidente te dio la orden a *ti* —responde el Oratus—. Debes obedecer.

—Parece que alguien no está feliz jugando a ser nuestro escolta —me dice Viera.

—Ferrolite ya obtuvo su gloria —respondo—. ¿Por qué un Amigga haría algo que no le beneficie?

Las protestas de Ferrolite no obtienen más que una mirada siseante del Oratus, y la masa marrón rojiza del Amigga parece amargarse al decidir que después de todo no puede deshacerse de nosotros. Mientras el bullicio continúa, Ferrolite se desliza de vuelta hacia nosotros, luego comienza a avanzar por el anillo con nada más que una única y dura orden: —Síganme.

—Probablemente espera que no lo hagamos, solo para tener una excusa para ordenar que nos maten —continúa susurrando Viera.

—¿Hay algún momento en que no estés bromeando? —dice Malo.

—No que yo haya notado —interviene T'Oli desde mis hombros—. Los intentos de humor de Viera ocupan más del noventa por ciento de lo que habla, según mis cálculos.

—Cállate, charco —dice Viera.

Mientras recorremos el anillo, las terminales que, a nuestra entrada, mostraban escenas de la galaxia han cambiado a varias transmisiones de alrededor de la Meridia. Solo sé esto porque, en la parte inferior de cada imagen, la ubicación de la transmisión se muestra en letras blancas y anchas sobre un fondo azul brillante. Mientras otras especies se detienen y miran las pantallas, me doy cuenta de que los letreros hacen más que solo identificar el lugar: le dicen a todos los que miran qué lugares evitar. Qué rutas podrían ser aún seguras.

Una de las terminales, una grande que cubre el espacio de la pared entre un par de entradas de sección, parpadea para mostrar un enorme patio interior y etiqueta la escena como *Meridia: Entrada Principal*. El lugar podría haber sido grandioso una vez, pero ahora es un desastre humeante y ardiente. El fuego láser ocupa cada espacio abierto, con un contingente de luchadores del Coro refugiados cerca de un vasto banco de ascensores. El fuego llueve sobre los defensores desde todos los ángulos mientras intentan acurrucarse tras cualquier cobertura que puedan encontrar, y disparan en represalia.

Incluso Ferrolite se detiene a observar, dándonos a todos la oportunidad de ver cómo se desarrolla el ataque. No es agradable: los defensores ya están desesperados, y los atacantes —estoy segura de que es la fuerza que el Oratus espejado mencionó al Primer Presidente— no se conforman con entablar un tiroteo. Un par de pequeñas esferas amarillo-abeja vuelan en arco hacia la imagen, rebotando cerca de las puertas sobre la piedra blanca, y cuando estallan, un destello brillante interrumpe nuestra visión por un momento. Como la niebla que se disipa en una mañana soleada, nuestra imagen regresa lentamente y muestra, entre otros recién llegados, a un Oratus color oro rosado destrozando a los defensores entre los ascensores.

—Creo que reconozco a ese —dice Viera.

No hay duda de que es Bas, el otro Oratus que nos llevó de la Tierra hace tanto tiempo. La última vez que la vi, junto con Sax, fue en *Cobalt*, abandonados mientras la estación se hacía pedazos. No sé qué hace aquí, luchando contra las mismas criaturas que le ordenaron llevarnos, pero estoy segura de que revelar que conocemos a un Oratus que los Amigga quieren muerto no nos ayudará con el Coro.

—¿Qué has dicho? —pregunta Ferrolite.

—Está bromeando —digo—. Habla de ese Flaum. Hemos visto tantos que todos empiezan a parecerse.

Ferrolite no tiene expresiones, así que no sé si el Amigga se cree mi excusa, pero entonces la transmisión cambia a una sala interior bullendo de guardias del Coro. El cambio nos saca del momento, y Ferrolite nos ordena continuar sin hacer más preguntas.

Llegamos a la sala segura un momento después. Ferrolite flota a un lado y nos pide que entremos, y tras intercambiar rápidas miradas de confirmación conmigo, Malo y Viera nos permite pasar. La sala es grande, con espacio suficiente para al menos unas docenas de personas, y tiene una amplia ventana que da a la parte superior de la atmósfera de Aspicis. Estamos sentados al borde del espacio, y un constante tinte azulado en la vista hace evidente que el Meridia está gastando mucha energía para mantener este nivel estable.

Junto al habitual suelo blanco, listo para formar mesas y sillas a nuestro comando mental, la sala alberga un par de terminales en la pared del fondo. Lo que parecen ser imágenes estáticas cubren las otras paredes interiores, mostrando enormes enredaderas fluyendo bajo un cielo azul.

—Se quedarán aquí por ahora —dice Ferrolite—. Alguien vendrá por ustedes cuando sea lo suficientemente seguro para salir. Les sugiero que no toquen nada y disfruten de la vista.

El Amigga no espera preguntas, sino que gira bruscamente y se aleja flotando. Al marcharse, la puerta de dos metros de ancho se cierra tras él. El susurro-clic silencia las alarmas, los pasos retumbantes, las constantes voces que salen por los intercomunicadores y me deja con mis amigos, apartada de todo.

Me siento respirar. Me maravillo de ello. Parpadeo y siento mis párpados rozar mis ojos. Por el momento, no hay nada que me exija estar en algún lugar, hacer algo, reaccionar o atacar o correr. En cambio, puedo pensar.

—Casi renuncio a la humanidad —las palabras salen de mi boca antes de que pueda detenerlas. Lejos de la presión de Ferrolite y el desfile de promesas, el alivio toma su lugar—. Pero no lo hice, ¿verdad?

—El juramento no se completó —dice T'Oli, y el Ooblot se desliza de mis hombros hacia la ventana—. Por la propia definición del Coro, no has prometido nada hasta ahora. Por supuesto, eso deja a la Tierra expuesta al asalto y la destrucción de quien lo desee, pero sigues siendo libre.

Malo está caminando por el suelo blanco, haciendo surgir varias sillas, mesas, versiones de muebles que recuerdo de Damantum. Sin embargo, ante las palabras del Ooblot, el guerrero se detiene, con su mano rozando la superficie de un simple banco de piedra. Mira del Ooblot hacia mí.

—¿Estás cambiando de opinión?

—¿No viste lo que está pasando allá afuera? —dice Viera mientras está de pie junto a la ventana—. Todo este lugar es un desastre. Tienen una rebelión en marcha. ¿Por qué querríamos unirnos a eso?

—No te lo preguntaba a ti —le dice Malo.

—Lo estoy —intervengo, en parte porque lo último que quiero ahora es que mis dos amigos en este lugar peleen por una decisión que ya he tomado—. No voy a seguir adelante con esto, Malo. Cuando Ferrolite regrese, le diré que nos encantaría unirnos al Coro como socios, pero no como sirvientes.

Malo deja que el banco se hunda de nuevo en el blanco mientras se acerca a mí. —Sabes tan bien como yo que no aceptarán eso.

—Lo sé. Simplemente no puedo, Malo. No puedo entregarnos así.

Espero que Malo se resista. Siempre ha sido práctico, y ese lado de esta elección está con el Coro y sus innumerables beneficios. Sin embargo, me da una simple sonrisa.

—Sabes que te seguiré sin importar qué —dice Malo—. El Coro debería pensárselo dos veces antes de decir que no.

—¿No crees que nos condenaré a todos? ¿No quemarán la Tierra solo porque estoy siendo difícil?

—Podrían hacerlo. —Malo asiente hacia Viera—. Pero podrían hacerlo de todos modos, porque Viera va a decir algo estúpido.

—Te he oído —grita Viera.

—No me importa —responde Malo.

Por encima del hombro de Malo, veo una pantalla cambiante; una de las terminales, alternando entre transmisiones del exterior. Una breve vista de la batalla en curso me da una idea, y Malo ve el cambio en mis ojos.

—Si no vamos a unirnos al Coro —digo—. Entonces quizás deberíamos averiguar quién está luchando contra ellos, y si deberíamos ayudar.

CAPÍTULO 8

CAZADOR

CUANDO TE ENCUENTRAS en una instalación gigante llena de la tecnología más avanzada de la galaxia, asumir que el enemigo sabe exactamente dónde estás es la opción más segura. Esa suposición resulta cierta para Sax cuando el ascensor se bloquea después de subir tan solo un nivel, sus puertas se abren y lo dejan en lo que parece ser un espacio de soporte para el nivel inferior. Varias terminales brillan entre los estantes bien organizados de equipo audiovisual.

Las cámaras, los enlaces Q-Net para enviar mensajes de largo alcance, micrófonos y otros dispositivos negros y grises que Sax no conoce, sin embargo, le resultan familiares. Tantas veces Sax ha estado en una incursión, atravesando una ciudad hostil o asaltando un crucero y allí, a cierta distancia detrás o flotando arriba en una nave, están los Flaum sosteniendo equipos como estos. Tomando y enviando las imágenes a través de la galaxia para conseguir apoyo para todos los diversos asaltos del Coro.

Hablando de asaltos, Sax se pregunta cómo va el de abajo. Las terminales ofrecen una oportunidad obvia para verificar, aunque a primera vista parecen estar aseguradas.

Pequeños parches azules debajo de la pantalla indican biomarcadores; escáneres para asegurarse de que la persona que intenta acceder pertenece al interior. Por curiosidad, Sax coloca su garra media en el bioescáner. Para ver si los Vincere eliminaron sus credenciales.

La pantalla de la terminal, un azul en blanco que pide al posible usuario que toque el biomarcador, cambia para mostrar el rostro de Sax, su antiguo rango de tres letras Vincere y, después de eso, un gran bloque de palabras que declaran a Sax como traidor y buscado. Sax silba una risa: no está seguro para quién son esas palabras, ¿alguien parado detrás de él? Como si fueran a ver lo que hay en la pantalla y atacarlo inmediatamente en nombre del Coro.

Lo que sucede después hace que Sax resople de sorpresa. La pantalla se vuelve negra por un breve momento antes de iluminarse de nuevo, aunque esta vez en una caja gris sin rasgos que se llena con un círculo pulsante verde hoja rodeado por una cadena de números. Sax lo mira fijamente: conoce esto, lo ha visto antes... en alguna parte. En su estado perturbado por el conflicto, necesita una inmersión profunda en su memoria para colocar la forma temblorosa en contexto y definir la reacción apropiada. Algo relegado a otras especies. A las presas. Normalmente no vale su tiempo.

Sax anota el número, luego toca la terminal y responde la llamada.

—¿Sax? ¿Puedes oírme? —la voz es tensa, estresada y sin embargo llena de asombro—. Creo que lo tengo bien. ¿No es así?

Hay algunos murmullos en otro lugar que Sax capta, aunque el círculo verde ahora está quieto, con un contorno azul neón que significa que Sax respondió.

—¿Nobaa? —Sax silba el nombre del Teven, uno que no

pensó que volvería a usar. Que Sax lo diga ahora es, si está siendo honesto, decepcionante. Los Teven son las cosas más molestas—. Puedo oírte.

No hay garantía de que el Teven pueda oír a Sax, pero por la serie de exclamaciones sobresaltadas, el Oratus adivina que su respuesta se transmitió.

—¡Excelente! —dice Nobaa—. Hemos asegurado una habitación en el Cavignum. Piensan que estamos haciendo reparaciones, lo cual, lo estamos porque tu método causó bastante daño y sin nuestro trabajo, todo este lugar...

—Ve al grano —Sax agita una garra, esperando que Nobaa pueda verla.

—Sí. El punto. Tenemos acceso a los sistemas de seguridad del Meridia, por ahora. Eventualmente, no lo tendremos. Antes de eso, tienes que llegar a la cima. Al Rayo Prioritario.

De eso hablaba el Amigga de abajo. Algún tipo de herramienta de transmisión. No sonaba como un arma, así que Sax no ha pensado en ello desde entonces.

—¿Donde haré qué?

—Si no hacemos llegar el mensaje a Solis y los otros Vincere simpatizantes de Evva, los que están en órbita alrededor de Aspicis nos aplastarán.

—No soy muy bueno dando discursos.

—¡No hará falta mucho! —Nobaa de alguna manera se está emocionando aún más—. ¡Solo diles que se detengan! ¡Que le den una oportunidad a su propia especie!

Antes de que Sax pueda responder, la señal se difumina, el círculo verde se vuelve negro y la caja gris de la terminal cambia a rojo, con letras negras en negrita que indican que la terminal ha sido bloqueada. Parece que ese es el fin de la conversación. Aun así, Sax tiene ahora su objetivo. No necesitaba seguir escuchando al Teven.

Si, sin embargo, el Coro está sellando su terminal, eso significa que saben dónde está Sax. El repentino timbre de los ascensores en el extremo lejano del nivel —al otro lado de donde Sax entró y separado de su posición por paredes de equipos apilados— refuerza el punto y el Oratus se pone en acción. El tamaño de los ascensores significa que una docena de Flaum, con armadura y armas, podrían caber dentro y eso es más de lo que Sax quiere enfrentar directamente.

Así que mientras los sonidos de pequeñas garras en el suelo de baldosas comienzan a resonar y el primer llamado a la rendición chirría, Sax apunta uno de sus mineros hacia las luces y dispara. Un disparo por cada rectángulo luminoso, cada uno derritiéndose en una lluvia de chispas, y en seis disparos y tantos segundos, la mayor parte del nivel está a oscuras. Las únicas luces que quedan están sobre los ascensores detrás y frente a Sax, proyectando suficientes sombras a través de los estantes y equipos apilados para crear un mundo de bordes dentados de blanco sobre negro.

Un paraíso para un cazador.

Sax se mantiene bajo, golpeando sus garras delanteras y medias contra el suelo mientras se desliza entre los equipos, mezclando su propio ruido con el nervioso acercamiento de los guardias del Coro. Con uno de sus mineros sin energía, Sax se agazapa hacia el lado medio del nivel, con la espalda contra la pared. Huele, oye, *sabe* que los Flaum se están acercando al centro, donde Sax disparó a las luces. Cuando las criaturas se acercan, Sax echa hacia atrás su garra delantera y lanza el minero en un arco sobre sus cabezas.

El arma cae estrepitosamente sobre una pila de cajas pequeñas, que cumplen su función y se derrumban, chocando entre sí con suficiente ruido para atraer las miradas y los objetivos de todos los Flaum en la sala.

Sax no puede ignorar tantas espaldas, tantos objetivos para saltar y cortar, morder y dar latigazos con la cola para hacerlos tropezar.

Dos Flaum caen antes de que se dispare un solo tiro, y esos rayos rojos se lanzan hacia el ruido, hacia las sombras que se mueven mientras Sax derriba estantes, arroja cuerpos y en general convierte la escena en un constante movimiento. Quedarse quieto es morir, así que después de dar un satisfactorio mordisco a un tercer Flaum, Sax se escabulle bajo un soporte de cámara que cae, cubriéndose detrás de un estante lleno. Sus conductos absorben aire, sus dos corazones laten aceleradamente y, con una garra delantera, Sax se quita un mechón de pelo de los dientes y escucha.

Los Flaum chillan entre sí, un sonido agudo que rebota por el nivel sin más propósito que decir *¡aquí estoy, ven a comerme!* Es instinto. Está destinado a indicar a la escuadra dónde están sus miembros, pero Sax usa los chirridos para navegar, deslizarse por detrás y hacia los ascensores que los Flaum usaron mientras los guardias del Coro se congregan en el centro y forman una especie de círculo de tiro.

Los números todavía no están a favor de Sax, así que no le entusiasma ver que ambos ascensores de este lado están bloqueados y con luz roja. Sax no lleva máscara, por lo que cualquier impacto le provocará una quemadura grave o algo peor. Los ascensores bloqueados significan que los Flaum en el centro no tienen excusa para ir a cazar: o Sax va hacia ellos, o esperan más refuerzos y Sax es abatido por una fuerza muy superior.

Pero si hay algo a lo que los Oratus están acostumbrados, es a estar en inferioridad numérica.

Sax da un par de pasos pesados alejándose de los ascensores, haciendo bastante ruido. Se detiene justo antes de un par de estantes altos que parecen pesados y, con una patada de su garra afilada derecha, Sax corta el poste de la esquina de uno de los estantes. Empieza a inclinarse, y Sax lo atrapa, lo estabiliza. Los soportes metálicos gimen, y Sax cubre el sonido con un rugido propio.

—¡Estoy aquí y me rindo! —grita Sax, manteniendo su garra media en el precario estante.

Cualquier miembro de los Vincere sabría que un Oratus nunca se rinde, pero estos Flaum han estado en la comodidad suave de la Meridia quién sabe por cuánto tiempo. No han estado en el frente de la galaxia. Así que se forman y salen con cautela del centro, avanzando de tres en tres con los mineros en alto. La segunda y tercera filas se mantienen un poco detrás de la primera, manteniendo sus ojos atentos en diferentes direcciones, como si Sax pudiera aparecer de cualquier parte.

Para ser justos, Sax podría hacerlo.

El Oratus espera que los Flaum intenten negociar, pero revelan sus intenciones por el miedo y el sudor que se desprende de su pelaje en oleadas penetrantes. Sax casi tose, el hedor es tan fuerte. Estos no son soldados confiados, listos para aprehender a un enemigo. Son niños asustados, que dispararán láseres por todas partes antes de pensar en otra alternativa. Cuando terminen de hablar, si Sax se mueve aunque sea un poco, lo derretirán.

Llega el momento: el Flaum líder ve a Sax mientras avanzan entre los estantes. El minero se levanta de golpe y el Flaum comienza a chillar una amenaza.

Sax no escucha las palabras. No le importan.

Con sus garras derechas, Sax derriba el estante debilitado mientras da un paso lateral en la dirección opuesta, usando los estantes llenos como barrera contra los pocos disparos de pánico que logran salir mientras su propio material sepulta a los guardias del Coro. Es un derrumbe estridente y chirriante que deja a la mitad de los Flaum incapacitados y a los otros disparando locamente hacia las sombras en movimiento, tratando de golpear a un Oratus que se ha atrincherado detrás de una terminal gigante y muerta.

Sax espera a que pasen los destellos. Deja que la confianza que viene cuando abrazas una situación fútil se desvanezca, espera a que el miedo vuelva a infiltrarse en su presa. Los Flaum buscarán ahora, verán si alguno de sus disparos salvajes dio en el blanco. Los pasos arrastrados de pies ligeros y con botas confirman la idea y la pérdida total de cohesión de los Flaum: se están separando. Dos parejas, yendo a diferentes lados de esta parte del nivel.

Los dos que se acercan a la terminal de Sax logran doblar la esquina, darse cuenta de que Sax no está muerto, y luego pierden sus mineros y su consciencia cuando Sax los golpea uno contra otro. Matarlos a todos no es el objetivo, sin importar lo divertido que pudiera ser. O sabroso.

Los Flaum que caen llaman la atención de sus últimos hermanos supervivientes y Sax piensa usar los cuerpos como cebo, pero estos Flaum son cobardes. La pista llega cuando el panel del ascensor suena, con las puertas abriéndose un momento después.

Su escape puede ser también el de Sax, y el Oratus deja un conjunto de surcos profundos en el suelo mientras se lanza hacia el ascensor abierto. Uno de los Flaum, entrando después de su compañero, logra girar y levantar su minero. Un movimiento que lleva la mitad frontal de su largo cañón al espacio que las puertas del ascensor, ahora cerrándose, planean ocupar. En lugar de cerrarse, esas mismas puertas se congelan ante la obstrucción del rifle, simultáneamente dando a Sax la apertura que necesita para deslizarse a través de las puertas mientras hace que el Flaum pierda su disparo cuando su compañero lo jala de vuelta al ascensor.

Una buena descripción de lo que sucede una vez que Sax desliza su volumen a través de las puertas incluiría el golpeteo de la cola del Oratus, la patada de tropiezo de su garra izquierda y el chasquido chispeante de las mandíbulas de Sax mientras muerden y parten el cañón de ese fatídico minero, convirtiendo el arma en poco más que un trozo de metal chisporroteante.

Una descripción suficiente simplemente establecería que cuando el ascensor llegó a su destino, solo el Oratus permanecía en pie, consciente y capaz de continuar su viaje hacia el Rayo Prioritario.

AFUERA, sobre el borde azul de la atmósfera de Aspicis, las naves se están reuniendo. Viera nos las va señalando, una por una, mientras las lanzaderas se disparan desde la Meridia hacia los cascos de cruceros Vincere, fragatas y más. Pequeñas luces brillantes que se dirigen hacia enormes óvalos, naves delgadas como ramas y esos anillos de colores que constituyen tanto la defensa como el refugio seguro para la especie gobernante de Aspicis.

—Son todos unos cobardes —dice Malo, junto a ella—. ¿Los están atacando en su propio centro y su respuesta es huir?

—¿Los viste? —dice Viera—. Un Amigga no puede exactamente pelear por sí mismo. No tienen manos. Ni piernas. Nada.

—¿Entonces cómo conquistaron la galaxia?

Es una buena pregunta, pero responderla no nos ayudará a escapar, así que los ignoro y me concentro en la terminal. T'Oli se ha extendido sobre la pantalla, que tiene un metro de ancho, y estamos observando una pequeña batalla que se desarrolla en el nivel tres, cerca de la superficie. Bas, el Oratus color oro rosado que me secuestró de la Tierra, está ocupado guiando a un cuarteto de Flaum maltrechos que visten armaduras disparejas de tela y metal a través de un piso repleto de caja tras caja de lo que parece ser papilla nutritiva. Las fuerzas del Chorus están usando las cajas como cobertura, y es un tiroteo que avanza lentamente.

—¿Alguna otra idea? —le pregunto al Ooblot. Hemos estado intentando que la terminal cambie de la transmisión a algo que podamos usar, pero T'Oli dice que me faltan los permisos de seguridad, por eso la pantalla me ignora.

—¿Estás segura de que quieres salir de esta habitación? ¿Ahora? —responde T'Oli.

—Si nos quedamos aquí, o moriremos cuando la torre explote, o el Chorus volverá y me obligará a completar ese juramento. Cuando no lo haga, estaremos muertos.

—Un conjunto convincente de opciones.

—No es mi culpa.

—Bueno...

—T'Oli, ¿vas a ayudar o no?

El Ooblot dobla sus tallos oculares alrededor de los lados de la terminal, buscando algo mientras observo. T'Oli solía ser de un blanco cremoso, pero suficientes cicatrices de minero y otros residuos de nuestros últimos encuentros le han dejado una serie de cicatrices ennegrecidas en su superficie. Lamento eso, pero no lamento en absoluto haber traído a T'Oli con nosotros. El Ooblot ha demostrado su valía una y otra vez, como me recuerdan cada noche las pesadillas recurrentes que tengo sobre las cavernas Fassoth bajo la superficie de la Tierra.

—La terminal está asegurada —dice T'Oli—. Así que o encontramos el código de acceso, que, como parece estar vinculado a un escaneo genético, no va a funcionar. O hacemos lo que el Chorus no espera que hagan sus invitados, mientras esperan la aprobación y aceptación de la Primera Silla.

—¿Que es?

—Desarmar la terminal.

El Ooblot no espera a que le pregunte cómo. En cambio, bits y piezas de sí mismo fluyen hacia las grietas más pequeñas alrededor de la terminal, donde varias piezas estaban unidas. T'Oli endurece su piel y, al hacerlo, expande esas grietas muy ligeramente. El Ooblot repite el proceso una y otra vez hasta que, con un rápido repiqueteo, me dice: —¡Atrapa!

La pantalla cae hacia adelante y levanto las manos justo a tiempo para atrapar el vidrio mientras cae en mis manos. Es pesada y está caliente, pero T'Oli no me da mucho tiempo para hacer nada con ella antes de repiquetear que la ponga en el suelo. Lo hago, y la apoyo contra el poste cuadrado plateado que sirve como base de la terminal.

—Como esperaba —repiquetea T'Oli desde la parte superior del poste—. Aquí todo es completamente inalámbrico. Si cortamos la energía por un momento, la terminal se reiniciará.

—¿Qué? —todavía estoy mirando la pelea en la pantalla, porque al menos Bas saltando en medio del enemigo, con las garras girando, tiene algo de sentido.

—La pantalla no tiene vida propia, Kaishi. Necesita energía, como un fuego. Debe ser alimentada —T'Oli deja de repiquetear por un momento, y la pantalla se oscurece—. En este caso, esa energía proviene de un pequeño transmisor aquí en este poste. Uno que acabo de envolver con mi piel no conductora.

—Tengo mil preguntas.

La terminal estalla en colores tan brillantes que me echo

hacia atrás, con las manos en el suelo y sintiéndome como una niña pequeña, sorprendida por lo inesperado. Los colores se desvanecen en un azul pizarra predeterminado, con varios cuadrados pequeños dominando la pantalla. Los reconozco del *Cobalt*. Ignos los llamaba iconos. Aquí, uno tiene forma de otra terminal, negro y rectangular. Otro, sin embargo, lo reconozco; un anillo verde esmeralda, como el Cache que todavía llevo en mi muñeca izquierda.

Me había olvidado casi por completo del dispositivo porque, como me dijo su antiguo dueño, contiene una biblioteca del conocimiento de los Sevora. Una especie alienígena ahora extinta que nunca formó parte del Chorus, nunca estuvo dentro de la Meridia, probablemente no tendría mucho que decir sobre la torre en la que estamos. Aun así, me recuerdo echarle un vistazo si el secuestro de la terminal por parte de T'Oli no funciona.

—Como pensaba —repiquetea T'Oli mientras se desliza junto a mí—. Configuran estas cosas para que funcionen en un circuito esclavo conectado a alguna estación central en la torre, pero si las desconectas, alguien tiene que volver a conectarlas.

—¿Puedes parar eso?

—¿De explicar las cosas?

Cierro los ojos por un instante. Pienso en la selva. La brisa entre los árboles. T'Oli es una criatura única, con su propia mente, historia y forma de interactuar con su mundo. No puedo esperar que me entienda, así como yo no lo entiendo.

—Has vivido toda tu vida en una galaxia que yo no sabía que existía hasta hace poco —le digo a esos pedúnculos oculares de color gris cremoso—. Lo que tú consideras conocimiento común, yo lo desconozco. Ni siquiera lo entiendo —Este es el momento en el que, si estuviera hablando con algo que tuviera manos, o incluso garras, extendería la mía para enfatizar mi punto. Como T'Oli no tiene ninguna de las dos cosas, espero que el Ooblot lea la sinceridad en mis ojos—. Quiero aprender todo esto algún día, pero ¿ahora? ¿En este momento? Estoy demasiado asustada, demasiado estresada y cansada para preocuparme por algo que no sea sobrevivir. Así que dímelo directamente. ¿Podemos salir de esta habitación?

T'Oli se estremece. Sus ojos vuelven al terminal. —Lo intentaré, Kaishi. El terminal está ahora desbloqueado. Podemos usarlo para aprender sobre este lugar, y quizás encontrar una manera de abrir la puerta.

Le dedico una sonrisa al Ooblot. —¿Ves? No hubo nada que no entendiera.

—No lo tomes como un insulto, pero eso fue más difícil de lo que crees.

Malo se acerca un poco después, mientras T'Oli y yo examinamos los infinitos secretos del terminal. El guerrero se agacha junto a mí, observa mientras pasamos por diagramas y páginas, cuadros parpadeantes llenos de información, números y palabras, gráficos e imágenes. Estoy siguiendo una pista, una palabra que apareció poco después de comenzar a explorar los niveles de la Meridia: *Cobalt*.

T'Oli nos tenía buscando formas de abrir la puerta, pero cuando la etiqueta de esa estación espacial apareció en una lista de activos del Chorus, marcada en rojo brillante hacia la parte superior en su propia casilla titulada *Potencialmente Perdido*, tomé el control. El Chorus permite que sus terminales funcionen con el tacto, así que cuando Malo llega hasta nosotros, estoy tocando y apartando todo tipo de registros largos e imágenes que juegan con las pesadillas justo bajo mi superficie.

Todas las piezas están aquí, almacenadas en lo que

T'Oli llama el 'archivo' de *Cobalt*. Hay un mapa, como el que vi cuando estaba en la estación. Esos mismos corredores están diseñados, líneas blancas sobre un fondo azul profundo.

—Esas eran nuestras habitaciones —digo mientras Malo se sienta a mi lado.

—¿Esto es *Cobalt*?

—¿No lo reconoces?

—Nunca vi un mapa así —Malo observa mientras deslizo nuestra vista alrededor, hacia una habitación rectangular más grande. Pone su mano sobre la mía para mantener la pantalla quieta por un segundo—. Aunque conozco ese lugar. Viera casi me mata allí.

—Dalachite nos habría matado a todos si no nos hubiéramos ocupado de él primero —Encuentro la cámara donde el Amigga me puso a prueba, y el núcleo central, donde el cuerpo de Dalachite se había fusionado con la estación misma—. Todavía me persigue, ¿sabes?

—Todos tenemos pesadillas ahora —La voz de Malo indica que está pensando en sus propios demonios, y no lo culpo.

No quiero seguir mirando *Cobalt* así que aparto el mapa con un gesto. Lo que aparece a continuación es un documento más largo. Una pared de texto que habría pasado por alto si no fuera por el título. *Nuestro Universo Futuro*. Es una declaración grandiosa, algo que esperaría de Padre, o de Jakkan en Damantum antes de una letanía de promesas sobre una utopía venidera. Esto... esto no es muy diferente, excepto que la versión Amigga del paraíso incluye la eliminación gradual de todas las especies competidoras.

—Dos caminos —dice T'Oli, sus pedúnculos oculares leyendo junto a los míos—. Tu *Cobalt* estaba en uno, explorando rutas biológicas. El otro es un retroceso. Nunca pensé que los Amigga lo considerarían.

—¿Un retroceso? —pregunta Malo.

—Mira el terminal —dice T'Oli—. Es pequeño, puede hacer mucho, y no necesita comida ni agua. No tienes que enseñarle nada, y nunca hará preguntas ni desobedecerá una orden.

—¿Y? —el guerrero parece tan confundido como yo.

—Ahora imagina que le agregas un arma. Un minero.

—Como los familiares —digo—. Obedecían las órdenes de Dalachite y usaban armas.

—Pero no eran muy aterradores —dice Malo—. Podría haber vencido a cualquiera de ellos.

T'Oli emite algunos sonidos sin sentido que deduzco, por la forma en que cierra y sacude sus pedúnculos oculares, significa que no lo estamos entendiendo. Viera anuncia otro lanzamiento de transporte y los ojos de T'Oli se abren de golpe.

—Eso es. Piensen en esas naves. Como el crucero de Kolas, pero más pequeñas, y en todas partes —dice T'Oli—. Podrían volar, dispararles desde el espacio, y estar cubiertas de armadura.

—Eso sería... más difícil de vencer para mí —responde Malo.

—Imposible, más bien —dice el Ooblot—. Existieron en un momento, tomaron planetas...

—¿Pero ya no están por aquí? —pregunto.

El Ooblot dice que no y vuelvo al informe. Malo sigue haciendo preguntas pero si estas cosas no son una amenaza ahora mismo, no tengo tiempo para ellas. El informe es claro, directo. Los humanos no son mencionados, pero no es difícil ver dónde encajan en los caminos hacia uno de los futuros imaginados por los Amigga. Somos una prueba, y por lo que dice este documento, la fallamos. Otras especies también están listadas, y todas ellas flaquean cuando se las mide con el estándar de éxito del Chorus: el control.

—Después de que esa facción rebelde, usando máquinas robadas, tomara tanto territorio tan rápido —está diciendo T'Oli—, el Chorus obligó a los Vincere a eliminar toda la IA de sus naves, y la mayoría de las redes también. Destruyeron tanto de su poder porque el Chorus tenía tanto miedo de que alguien pudiera sacarlo de su control. Un Amigga, un Flaum con los códigos correctos y el Rayo Prioritario podría haber forzado a toda nave Vincere a autodestruirse, o a volver sus cañones unos contra otros.

—¿El Rayo Prioritario? —pregunto, porque no hay nada sobre eso en este informe.

—El dispositivo de comunicación más poderoso de la galaxia. Eso es todo lo que sé. Sapphrite me contó todo esto, pero nunca pensé que saldría de Vimelia. O que invadiría la Meridia. De otro modo, habría preguntado más.

—No, está bien —Vuelvo a mirar el terminal—. Eso no importa. Hay suficiente aquí para probar que no podemos aliarnos con el Chorus, sin importar qué. Moriremos si lo hacemos.

—Moriremos si luchamos contra ellos también —responde Malo—. Lo sabes.

—¡Oye! —grita Viera desde la ventana, y me alivia que nos rescate de caer en el mismo pozo de pesimismo alrededor del cual hemos estado dando vueltas desde que entramos en esta habitación—. Por tu cara triste y los hombros tensos de Malo, puedo decir que están hablando de algo inútil otra vez. ¿Saben qué es más divertido? Contar todas las naves que siguen despegando de este lugar. Todos se están marchando. Creo que el Coro tiene miedo.

—Incluso si lo tienen, ¿qué importa? —respondo—. ¿Crees que Bas y Sax nos tratarán mejor?

—Son guerreros —dice Malo—. Podrían ser honorables. Mejor que la mentirosa Amigga.

—Así que si el Coro les tiene miedo y si serían mejores amigos para nosotros, digo que les ayudemos —coincide Viera—. Salgamos de aquí y hagamos lo que podamos para asegurarnos de que ganen esta batalla.

Estoy a punto de respaldar el plan cuando un extraño zumbido llena la habitación. Un par de paneles en la pared detrás de la terminal se deslizan hacia afuera y, con un ruido viscoso y desordenado, una papilla nutritiva púrpura se desliza desde una tubería oculta para llenar el nuevo recipiente, fluyendo desde detrás de la pared hasta donde podemos alcanzarla. Viera es la primera en llegar, mirando la comida mientras sacude la cabeza—. Incluso aquí, seguimos recibiendo la misma porquería. Uno pensaría que tendrían algo mejor.

—Si nos están alimentando, debe significar que piensan que estaremos aquí por un tiempo —. Descubro que el segundo panel que se abrió resulta ser un cajón lleno de utensilios: platos, cuencos, cosas delgadas de tela que supongo deben ser para limpiar cualquier papilla que termine sobre nosotros en lugar de en nuestras bocas.

—Bueno, si vamos a unirnos a una revolución, no quiero hacerlo con hambre —dice mi amiga Lunare, y toma un cuenco para servirse la papilla.

—Nunca me ha gustado pelear con el estómago lleno —Malo observa mientras Viera y yo tomamos nuestras porciones.

—Mejor que con el estómago vacío —dice Viera entre bocados—. Come, Charre. Ya estás en los huesos de todos modos.

La papilla nutritiva baja fácilmente mientras observamos las naves que continúan agrupándose afuera. Naves más pequeñas se están uniendo o despegando de sus hermanas mayores ahora, muchas dirigiéndose hacia la atmósfera en formaciones. Es un espectáculo fascinante, y uno que erosiona mi propia resolución de luchar contra los poderes que crearon todo esto. Al menos hasta que T'Oli habla.

—Creo que he encontrado vuestra historia —anuncia T'Oli—. Parece que el origen de vuestra especie ocurrió solo unos niveles más abajo.

—¿No estabas buscando una forma de abrir la puerta? —pregunto mientras me acerco al Ooblot, mirando la pantalla.

—Oh, no creo que eso sea posible desde aquí. Parece que el Coro no confía en que sus propios invitados hagan lo que nosotros hemos hecho y tomen el control del sistema.

—¿Entonces estamos atrapados?

—A menos que tengas una mejor idea, creo que estamos atascados hasta que Ferrolite venga a dejarnos salir.

La pantalla muestra un espacio algunos niveles por debajo del nuestro, y aunque no hay mucha descripción —grandes cajas negras cubren la mayor parte, con advertencias de seguridad inadecuada— el título del nivel cuenta suficiente historia: *Desarrollo de Especies Alternativas*. Si T'Oli tiene razón, y la historia de nuestra especie comienza allí, entonces quiero saberla. Quiero entender por qué la Amigga decidió crearnos.

Luego quiero destruir cualquier registro de ello.

COMO LOS OTROS, este ascensor ignora las órdenes de Sax. No va al piso que selecciona, pero al menos esta vez sube. Hacia el Rayo de Prioridad, un nivel a la vez. Sin embargo, cuando las puertas se abren, Sax decide que habría preferido bajar.

Si entendía los otros niveles, este le hace sentir como si hubiera salido de la galaxia que conoce. De la realidad que conoce. Las máquinas, al menos aquellas con capacidad de movimiento, caminar o hablar, hace tiempo que cayeron en desgracia. No hay razón para arriesgarse a crear un robot asesino que pudiera ser pirateado desde alguna ubicación remota o por alguien que logre acceder a sus componentes internos cuando puedes crear un arma supermodificada genéticamente como el Oratus.

Por eso Sax se sorprende al encontrar este nivel repleto de robots de ocho extremidades. Más aún, aunque Sax es demasiado joven para haber visto alguno de los antiguos robots de guerra en acción, estos parecen recién fabricados. El brillo en la brillante pintura azul del Coro resplandece bajo la luz blanca estática de las franjas del techo. Sin quemaduras de combate, sin suciedad ni óxido por acción en mundos hostiles.

¿Quién los almacenaría aquí? ¿Y por qué?

Un paso fuera del ascensor le da a Sax una buena vista de lo que está mirando. Los robots de guerra tienen un núcleo, una esfera que parece un Amigga fabricado de acero con tonos verdosos. Cada uno tiene varios módulos adheridos, la mayoría terminando en micropropulsores, minadores, o variaciones de multiherramientas y armas físicas destinadas a la destrucción o interrogación. Todos parecen estar inactivos, y sus miradas silenciosas aflojan los nudos helados que se forman en el estómago de Sax.

Los robots de guerra cuelgan de abrazaderas desmontables que bajan del techo, con cordones rayados en negro y gris que cuelgan como las cuerdas de un titiritero industrial.

Un regreso a máquinas como estas provocaría terror en otros mundos, atraería reclutas a Evva por millares, y no sin razón.

La primera vez que los Amigga construyeron una gigantesca armada de soldados computarizados, marcharon de mundo en mundo, construyendo la base de lo que se convertiría en su imperio. Sax ha visto los registros, ha estudiado la historia. Obligatorio, en caso de que el Vincere se encontrara alguna vez con una fuerza similar de algún otro lugar.

Los robots de guerra fluirían hacia el objetivo, una oleada interminable de luchadores incansables e implacables. Diezmarían todo con una exactitud inflexible, atacando lo necesario, sin importarles en absoluto la moralidad de la situación. En otras palabras, un soldado Amigga perfecto.

Al menos hasta que los robots de guerra fueron robados, hackeados y vueltos contra sus creadores. La primera vez fue una anomalía, luego sucedió una y otra y otra vez.

Todo lo que se necesitó fue un Teven emprendedor, y entonces la palabra se extendió. Los mundos rebeldes comenzaron a convertir las invasiones en sus propios ejércitos. Antes de mucho tiempo, y enfrentándose a la eliminación por sus propias creaciones, el Coro se apresuró a traer de vuelta a especies descartadas como los Flaum y Vyphen. Incluso entonces, esa antigua versión del Vincere apenas se mantuvo, y con los Sevora comenzando a surgir, el Coro necesitaba una solución más fuerte y mejor.

El Oratus resultó ser la respuesta.

Excepto que, aparentemente, los Amigga están cambiando de opinión. Volviendo a como era antes. Tal vez estos nuevos robots de guerra son mejores, más resistentes a los fallos que arruinaron a generaciones anteriores. Si es así, entonces los familiares en el *Cobalt* no son el único camino que el Coro está tomando hacia su nuevo futuro. Uno que no parece tener lugar para otras especies.

De cualquier manera, los robots de guerra no están activos ahora, y si el Coro pierde aquí, nada de esto importará.

Sax comienza a buscar una manera de salir del nivel. Las puertas del ascensor muestran rojo-bloqueado. No hay posibilidad de salir por ahí, a menos que quiera atravesarlas con sus garras, y no hay tiempo suficiente para eso. En su lugar, Sax deambula más allá de los robots de guerra buscando una oportunidad y encuentra una terminal en el centro.

Sax intenta encenderla, pero la terminal rechaza su propia garra delantera con un pitido furioso. Así que en su lugar Sax usa la garra que le quitó a Kah abajo, la extremidad ahora endureciéndose en una rígida extensión. Casi podría ser un arma, si Sax se sintiera mórbido.

Cuando la garra de Kah toca la pantalla, esta cambia y

le da a Sax una serie de opciones, incluyendo la única que quiere usar.

Abajo, donde los Flaum atacaron, Nobaa lo alcanzó desde un espacio seguro en Cavignum. Sax vuelve a trazar la llamada ahora, introduce el número y le dice a la terminal que envíe la señal. Después de un momento mirando una pantalla gris parpadeante, Nobaa responde.

El Teven está en una habitación bañada en la clásica decoración naranja y cromo de Cavignum, aunque está algo arruinada por los resplandores blancos y azules de todas las terminales. El caparazón cubierto de ganchos de Engee flota cerca, sus pequeños brazos extendiéndose y tecleando comandos mientras Nobaa gira un agujero y saca un pequeño ojo hacia la pantalla.

—Sax, nunca esperé volver a saber de ti. ¡Verdaderamente, todos pensamos que morirías. ¡No lo hiciste! ¡Esas son grandes noticias! —Nobaa hace una pausa mientras Sax lucha por no partir la terminal en dos—. Pero, ¿dónde estás?

Sax toma un profundo respiro a través de sus conductos, abre su boca para hablar cuando Nobaa comienza de nuevo.

—No, en serio. Estoy rastreando tu llamada a través del mapa de Meridia y no parece que este nivel deba estar ahí. Espera. ¿Esos son robots de guerra detrás de ti?

Por supuesto que Nobaa sabría sobre los robots de guerra. Por supuesto que los reconocería inmediatamente.

—Creo que sí —logra decir Sax—. No están funcionando ahora.

—¡Esas son buenas noticias para ti. ¡De lo contrario estarías realmente muerto!

—No es por eso que estoy llamando.

—Oh, sí. Supongo que no lo sería. ¿Qué necesitas? ¿Hay algo en lo que pueda ayudar?

—Eso espero. Necesito salir de este nivel. Un ascensor, o algún lugar donde pueda encontrar uno.

—No puedo controlar los ascensores —dice Nobaa—. Pero puedo decirte que parece haber un ascensor largo arriba. Uno que podría llevarte directamente hasta la cima. Eso es lo que quieres, ¿verdad?

—Sí.

—Bueno, entonces necesitas subir un nivel más. Si los ascensores no funcionan, intenta atravesar el techo. Tienes esas garras elegantes, ¿no? Úsalas.

—No necesito que me digas cuándo usar mis garras —sisea Sax.

—¡Solo estaba sugiriendo! ¡Es lo único que hago: sugerir!

Sax está a punto de responder con algún tipo de insulto cuando escucha un pitido bajo a su izquierda. Luego un traqueteo, seguido del suave clic de un pestillo al soltarse. Con los microimpulsores zumbando, no es difícil entender lo que ha sucedido. Una sospecha que se confirma cuando el robot de guerra entra en su campo de visión, maniobrando sus ocho brazos armados hacia él.

—Nobaa, se ha activado un robot de guerra —dice Sax, alejándose del terminal y girándose para enfrentar al adversario metálico.

—¡No pelees! ¡Huye!

Eso sería un movimiento de cobarde, y Sax no es ningún cobarde. En su lugar, Sax se asienta sobre sus garras y se prepara para saltar mientras el robot de guerra flota hacia él. Sax se pregunta por qué no ha abierto fuego, hasta que cae en la cuenta. Si estos robots de guerra estuvieran listos para funcionar, cargados y preparados, ya estarían activos. El Coro los habría enviado contra Evva de inmediato.

Ya que los robots de guerra siguen aquí, silenciosos y

esperando, sus minadores podrían no estar cargados. Toda su programación podría no estar lista. Lo que significa que la pelea será cuerpo a cuerpo.

Justo como le gusta a Sax.

El Oratus comienza con un rápido paso alrededor del terminal, poniendo al robot de guerra completamente centrado en su vista. Con los robots muertos a derecha e izquierda sirviendo de público, Sax evalúa a su oponente que se acerca.

Sax es más grande que el robot de guerra, aunque este último compensa su tamaño con esos ocho miembros. Sax cuenta un par de espadas entre ellos, con otros dos portando los minadores aparentemente muertos. Los otros cuatro sostienen lo que parecen herramientas o apéndices de acoplamiento. Así que, dos espadas contra las cuatro garras de Sax y un par de afiladas y mortales zarpas. Esas son probabilidades que el Oratus aceptará.

Sax hace la primera apuesta clavando sus cuatro garras principales en el robot de guerra colgante directamente a su izquierda. Ya sea porque estos robots no están activos, o porque su armadura vendrá después, Sax agarra, atravesando la piel metálica del robot y, con un tirón pivotante, lo arranca de su cadena. Así protegido, Sax carga hacia adelante con el robot muerto cubriendo su torso. En el último momento, cuando Sax ve que su objetivo retrae las espadas para dar un golpe, el Oratus lanza el robot muerto contra su compañero vivo.

Los robots de guerra chocan entre sí, sus miembros enganchándose, rompiéndose, raspándose. Sax tampoco deja que la maniobra se desperdicie, siguiendo el lanzamiento con un salto que lo lleva por encima de ambos. Clavando sus garras —la izquierda en la parte superior del robot muerto, la derecha en la parte superior del que se estremece vivo— Sax cruza por detrás de su objetivo y cae al suelo. Mientras cae, Sax usa su cola para enroscarse alrededor de uno de los miembros superiores del robot vivo, uno que sostiene un conector de puerto de datos similar a una jeringa.

Con el agarre de su cola, Sax clava sus garras en el suelo cuando aterriza y arroja al robot liberándolo de su compañero y lanzándolo contra otro, aplastando su brazo derecho con la espada contra un robot colgante y arrugándolo. Liberando su cola en el proceso, Sax gira, listo para clavar sus garras en la espalda del robot y terminar la pelea.

Los robots de guerra no tienen huesos tradicionales, articulaciones, las restricciones usuales de la biología. Así que cuando Sax se da la vuelta, esperando un tiro libre a un enemigo golpeado y distraído, lo que recibe es una espada resplandeciente viniendo hacia él. El robot ha invertido su miembro, y el golpe es lo suficientemente preciso como para hacer un corte largo y delgado en la superficie del torso de Sax. Un par de sus conductos arden con el corte, pero no es fatal, no es grave, porque los propios instintos de Sax lo respaldaron.

El robot de guerra utiliza el espacio ganado por el golpe para activar sus microimpulsores y desenredarse, mientras Sax busca otro enfoque.

Lo que hace que los robots de guerra sean tan devastadores es su capacidad para calcular, al instante, la trayectoria exacta que Sax podría tomar en su ataque. El robot será capaz de mover la espada al punto perfecto, justo donde Sax va a estar. La sorpresa, la imprevisibilidad, esas son las ventajas de Sax, y tiene que usarlas. Sin embargo, su adversario no le va a dar tiempo. El robot de guerra avanza de nuevo, manteniendo esa espada zumbante en el centro.

Sax retrocede. No tiene más armas que sus garras, y

preferiría no perderlas por un rápido golpe de esa espada. El robot lo está presionando ahora, forzando a Sax a retroceder hacia esos ascensores, que podría intentar abrir con la garra de Kah, o...

Sax agarra la garra y lanza la mano robada al robot de guerra, que balancea la hoja para atrapar la garra y cortarla. El movimiento, sin embargo, aleja la espada de su posición central, y Sax salta rápido para aprovechar. Los miembros del robot están en el exterior de su cuerpo, así que cuando intenta traer la hoja de vuelta de su amplio balanceo, Sax atrapa el miembro justo más allá del borde con su garra delantera izquierda. Sus otras tres garras se ponen a trabajar arrancando la placa trasera del robot, que se desprende con un segundo de zarpazos. Los dientes de Sax atacan las entrañas, un mordisco lleno de metal y cables brillantes.

Ha probado cosas mejores.

El robot de guerra se estremece, sus microimpulsores fallan, y el artefacto se desploma en el suelo en un montón metálico chirriante. Sax pasa por encima de la cosa caída y regresa al terminal, donde Nobaa sigue esperando en la llamada.

—He vuelto —sisea Sax.

—¿Estás bien?

—Por supuesto —dice Sax, pero antes de que el Oratus pueda confirmar que su mejor ruta al siguiente nivel es un viaje de cortar y atravesar por el techo, otro conjunto de motores zumbantes cobra vida. Seguido por otro, y otro—. Se están activando más, Nobaa.

—¿Cuántos?

—Hay docenas solo en este nivel. —Sax hace los cálculos: incluso sin sus minadores, los robots de guerra podrían lograr sobrepasarlo, y si hay más de un nivel de estas cosas, esas espadas zumbantes podrían matar también a Evva y Bas—. Tenemos que detenerlos.

—¿Tenemos?

—Eres el Teven, piensa en algo —sisea Sax, entonces tiene que alejarse del terminal cuando la espada del siguiente robot de guerra corta donde estaba.

Tres robots de combate se acercan a Sax, deslizándose alrededor del terminal y rodeándolo, dejándole una sola opción. Sax recoge sus patas y salta hacia una fila de robots de combate aún inactivos detrás de él. Aterriza y trepa por uno, dejando profundos surcos en el cuerpo del aparato. Desde allí sube por el cable de anclaje, trepando con sus garras hasta que Sax llega al techo. Un par de golpes fuertes clavan las puntas de sus garras a través de las placas superiores, permitiendo que Sax se aferre a la superficie y mire hacia abajo mientras los robots de combate consideran la mejor manera de perseguirlo.

—¡Mantenlos a raya! —grita Nobaa, el sonido metálico y débil proviniendo del terminal—. ¡Engee y yo estamos pensando!

—Piensen rápido —Sax comienza a moverse, porque los robots de combate están comprendiendo que sus micropropulsores pueden elevarlos lo suficiente para dar zarpazos hacia él.

Sin embargo, el Oratus no se mueve al azar. Los músculos y garras afiladas de Sax le permiten correr por el techo más rápido de lo que los robots pueden seguirlo, y los rodea volviendo hacia el cadáver colapsado del primero. Cuando llega allí, Sax se suelta del techo y cae, aterrizando sobre el robot caído. Sus compañeros metálicos se acercan rápidamente, con sus espadas brillando en rojo rosado con energía caliente, cuando Sax usa sus garras para arrancar las espadas del robot muerto y en tierra. Como las hojas están hechas para las máquinas, no tienen empuñaduras o mangos como las espadas normales, pero Sax no tiene el lujo de quejarse.

Sin una batería interna, las espadas tampoco cobran vida. Pero Sax demuestra su valor de todos modos, balanceándolas para contrarrestar el par de golpes borrosos del primer robot. Las espadas están hechas para resistir el calor y la fuerza de sí mismas, así que la defensa improvisada de Sax contrarresta el asalto, chocando y soltando chispas contra el ataque del robot. Los movimientos del robot no son difíciles de bloquear al principio, pero estas cosas están diseñadas para evolucionar, adaptarse. Cuanto más dure la pelea, más apuntará el robot a las vulnerabilidades de Sax, hará que el Oratus falle, hará que pierda algunas extremidades.

Lo cual, considerándolo todo, Sax preferiría conservar.

Así que salta hacia atrás, aprovecha ese último espacio entre la línea de robots y los ascensores, y lanza una de las espadas. Es un golpe directo, una perforación en línea recta que, incluso sin la energía, lleva la fuerza de un Oratus y una hoja super afilada directamente a través de la armadura frontal del primer robot. La espada se hunde profundamente y provoca un crujido revelador, un zumbido agudo mientras los componentes giran sin restricción, seguido por el desplome del robot al suelo frente a Sax.

Es un momento de triunfo robado cuando más robots a la derecha e izquierda de Sax cobran vida, desprendiéndose de sus cables y dirigiéndose hacia él mientras los otros, ya activos, flotan sobre sus amigos desactivados. Sax tiene una espada y su espalda contra un par de ascensores bloqueados. No es la mejor situación.

Cuando estás rodeado, sin otras opciones, el mejor movimiento es limitar el número contra los que tienes que luchar a la vez. Directamente adelante, Sax tiene al menos dos robots en línea. A su derecha e izquierda hay uno en cada lado. Si logra atravesar uno de ellos, tal vez Sax tenga una oportunidad de escapar, ganar algo de tiempo.

Así que Sax finta hacia la derecha, voltea la espada a su garra delantera derecha y se inclina hacia ese lado, atrayendo a los robots en esa dirección y forzando al robot de la derecha a levantar su espada en una defensa recta diseñada para bloquear un lanzamiento como el que Sax acababa de hacer a su compañero. Ya están aprendiendo. Cambiando su peso, lanzando su cola hacia la derecha para ayudar a girarlo, Sax pivota y se lanza hacia la izquierda, por encima de la estocada de un robot que pensó que tenía un tiro libre a la espalda del Oratus. El salto de Sax lo lleva sobre las hojas del robot, con Sax recogiendo sus garras en un ovillo para evitar los cortes abrasadores.

Mientras Sax se estrella contra el robot que avanza, usa sus garras medias para trepar sobre la máquina. Con su garra delantera derecha, Sax clava su otra hoja a través de la parte superior del orbe, haciendo que el robot se colapse entre espasmos. Sax cabalga la máquina hasta el suelo, luego arranca la hoja con su garra media derecha y comienza a correr, agachándose y serpenteando entre la multitud de robots colgantes, más y más de los cuales están cobrando vida. Sax puede moverse por el momento, pero será abrumado en el siguiente.

—¡Hemos encontrado una oportunidad! —los gritos de Nobaa a través del terminal se elevan por encima de la mezcla de gemidos mecánicos—. ¡Estos robots todavía ejecutan software antiguo! ¡Por eso no están activos, el Coro debe haber sabido que serían vulnerables!

Sax, que está cortando salvajemente con la espada mientras corre por el nivel, no entiende lo que dice el

Teven. ¿Qué importa si los robots no han tenido su programación interna cambiada? No es como si Sax pudiera ajustarla ahora. El Oratus apenas tiene tiempo para agacharse y esquivar los golpes de espada. Más y más robots se están activando y el nivel se está llenando con el zumbido de los micropropulsores y el gemido de las espadas.

Una de esas hojas logrará un corte tarde o temprano, y Sax no sobrevivirá a lo que sigue.

CAPÍTULO 11

INTRUSOS

AVERIGUAR por qué fuimos creados y luego destruir a nuestros creadores. Parece bastante simple, pero hacer cualquiera de las dos cosas requiere salir de esta sala segura. La terminal no ha sido de ayuda, así que los cuatro estamos parados frente a la puerta, deseando que se abra.

—¿Y si grito pidiendo ayuda? ¿Creen que alguien responderá? —pregunta Viera.

—Inténtalo —no creo que nadie lo haga, pero vale la pena intentarlo.

Malo y yo, con T'Oli cubriéndome con su propia armadura corporal, tomamos posiciones a ambos lados de la puerta y, ante mi señal, Viera comienza una serie de gritos verdaderamente aterradores. Aúlla que la ventana se está agrietando, que estamos a punto de ser succionados al espacio y que estoy sufriendo algún tipo de enfermedad crítica. Es inventiva, da miedo, y yo acudiría corriendo si lo escuchara.

O tal vez correría en la dirección opuesta.

La puerta, sin embargo, permanece cerrada. Imperturbable.

—Parece que no les importa si morimos aquí —Viera suena ofendida.

—Es más probable que puedan ver lo que estamos haciendo y sepan que no hay una amenaza real —murmura T'Oli—. Apostaría a que alguien del Coro está observando cada movimiento que hacemos.

—Podrías haber sugerido eso antes —digo—. Nos habríamos ahorrado el trabajo de escuchar a Viera.

—Creo que desahogarse puede ser saludable.

—La verdad es que se sintió bien gritar —coincide Viera —. Deberías intentarlo, Emperatriz. Tienes que estar frustrada.

Lo estoy, pero no es el tipo de frustración que se alivia gritando. Miro la puerta otra vez.

—T'Oli, ¿crees que nos están observando?

—Dudo que haya algo en la Meridia que no esté vigilado, Kaishi.

—Entonces, ¿por qué no les damos un espectáculo?

T'Oli inclina sus tallos oculares, lo que, dado que esos tallos descansan sobre mis hombros, hace parecer que tengo un par de protuberancias grises saliendo de mí.

—Forma tu espada —sugiero—. Intentemos abrirnos paso a la fuerza.

—No creo que la puerta sea lo suficientemente delgada.

—Ya lo veremos —le respondo al Ooblot mientras se forma a lo largo de mi mano, su piel endureciéndose hasta formar un filo afilado—. ¿Estás listo?

—¿Para que me golpees contra una puerta? Técnicamente, estoy tan afilado y resistente como puedo estar, así que sí. Golpea.

—Lo siento —digo mientras doy el primer golpe con mi brazo derecho.

Es un tajo descendente, destinado a cortar la puerta

verticalmente por el medio. En su lugar, el filo de T'Oli golpea el metal y rebota, aunque el Ooblot logra dejar una pequeña marca donde golpeé.

—Eso va a llevar mucho tiempo —dice Malo desde su esquina, observando.

—Si tienes otras ideas, te escucho —intento evitar que la frustración se note en mis palabras, pero es difícil. Atravesar esta puerta con T'Oli va a tomar más tiempo y fuerza de la que tengo, sin contar si el Ooblot va a aguantar el abuso.

Le doy a Malo unos segundos, pero ninguna inspiración sale de sus labios, así que levanto a T'Oli para un segundo golpe. Sus dos ojos se encogen, y los míos también. Y golpeo. Hay un estruendo, un chirrido de metal y otro pedazo, un poco más grande, cae al suelo. Aparto el trozo con mi pie —apenas es más grande que la punta de mi dedo— y me preparo para la tercera ronda.

Cuando la puerta se abre.

No hay advertencia. Ni giro gradual de cerraduras ni orden de Ferrolite de que vamos a conocer a nuevos guardias. En cambio, de un momento a otro paso de estar mirando una barrera de metal gris a ver un par de Flaum malhumorados, de pelaje negro y uniforme azul. Sus mineros están enfundados, sus garras a los costados, y sus ojos diminutos van directamente al Ooblot que llevo en el brazo. Detrás de ellos, los anteriormente abarrotados pasillos del anillo del Coro lucen muy, muy vacíos.

—Hola —es todo lo que se me ocurre decir.

Malo reacciona más rápido, saliendo disparado desde un lado para taclear al Flaum de la izquierda y derribar a la criatura peluda contra el suelo. Eso atrae la atención de su compañero, lo que lo deja expuesto a un golpe cuando mis instintos vuelven a funcionar. Estos Flaum están aquí para mantenernos dentro, no para ayudarnos. Sin embargo, cuando mi mano derecha, con T'Oli en ella, da en el blanco, no siento la suave penetración de un cuchillo afilado sino la sacudida en mi brazo de un golpe de martillo. Mi objetivo se tambalea hacia atrás, al otro lado de la puerta, y sus manos van hacia el punto de pelaje aplastado donde aparentemente lo he golpeado.

—¿Qué estás haciendo? —le grito al Ooblot mientras me preparo para otro golpe, este apuntando más arriba.

El Flaum, sin embargo, esquiva el movimiento y se lanza contra mí. Se mete debajo de mi golpe y me da en la cintura. Nos derriba a ambos. T'Oli piensa rápido y se desliza desde mi mano hasta la garra izquierda del Flaum, luego gotea hasta el suelo antes de que el Flaum pueda sacudirse al Ooblot. T'Oli se endurece mientras me escabullo de debajo de la criatura, sellando al Flaum contra el suelo.

—Alto —la voz de Viera suena fuerte y firme—. Odio el olor, pero si te mueves, te chamusco el pelaje.

La Lunare está junto a nosotros, con un minero en la mano apuntando a mi Flaum. El que está forcejeando con Malo también se detiene, con Malo sujetando ambos antebrazos en lo que parece un punto muerto. Ese todavía tiene su minero enfundado, pero el mío ha perdido su arma.

La amenaza de Viera me da el tiempo que necesito para caminar hasta el Flaum de Malo y arrancarle su minero. A partir de ahí es una situación de amenazar y mover para hacer que el par de guardias Flaum vuelvan a nuestra antigua prisión. Salimos, con T'Oli de vuelta en mis hombros, y Malo toca el panel para que la puerta se cierre.

—¿Es cruel dejarlos ahí dentro? —pregunta Viera.

—Ellos nos lo hicieron a nosotros —respondo—. Es un intercambio justo.

El anillo del Coro está desierto. Las alarmas, afortunadamente, se han silenciado. Todas las terminales ahora muestran una brillante pancarta roja de EVACUACIÓN en la parte inferior, seguida de una estricta frase que declara que dicha evacuación es solo para Amigga y sus guardias. El resto del personal del Coro, aparentemente, debe luchar por sus amos que huyen.

—¿Qué habría hecho Damantum si el Emperador hubiera huido de la ciudad dejando morir al resto? —le pregunto a Malo mientras pasamos junto a las pantallas.

—Habrían obedecido —responde Malo—. El Emperador tenía derecho divino. Algunos podrían haber huido eventualmente, cuando el final fuera evidente. Pero la mayoría se habría quedado.

Interpreto sus palabras como que aún encontraremos bastante resistencia aquí. Las terminales que muestran los combates en la Meridia tienen números de nivel en las esquinas, y aunque no hay señales que indiquen en qué nivel estamos, apostaría a que es mucho más alto que el piso treinta y dos que veo en las terminales que muestran la batalla constante.

Cualquier Amigga, Flaum u otras tropas del Coro que no hayan realizado el largo descenso seguirán aquí. No estoy segura si tomarán nuestra huida como un asalto o nos ignorarán.

—¿Entonces descendemos? —pregunta T'Oli—. ¿Intentamos reunirnos con los combatientes?

Quiero que el Coro caiga, quiero ayudar a Bas, pero al mismo tiempo, Malo, Viera y yo solo tenemos dos pequeños mineros. Estamos lejos de ser una fuerza de rescate llegando a toda velocidad, y preferiría no quedar atrapada en un tiroteo cuando ninguna fuerza sabe de qué lado estamos.

—No —digo mientras continuamos por el anillo—. No vamos a bajar del todo todavía. Primero, quiero aprender sobre nosotros.

—¿Nosotros? —pregunta T'Oli.

—Se refiere a los humanos —dice Viera—. A mí me interesan las armas, si eso cuenta. Si encontramos alguna, yo elijo primero.

—Todas tuyas —digo—. T'Oli, ¿dijiste que crees saber dónde guarda el Coro nuestra historia?

T'Oli afirma que encontró un nivel extraño no muy por debajo de este: un espacio con una descripción irregular que sugería secretos que me encantaría conocer.

En la Tierra, había aprendido un poco sobre el Amigga que nos diseñó. Falló muchas veces, y dejó sus fracasos para que los encontráramos bajo las cenizas y los restos de un intento de exterminio Vincere. Pero también era claro que Amigga, que Ignos nos salvó. Tomó una nave y nos llevó volando al otro lado del planeta y nos dejó prosperar. Lo que quiero averiguar es el *por qué*. ¿Por qué nosotros? ¿Por qué crear humanos cuando los Amigga tienen Oratus, cuando tienen hordas de Flaum esperando obedecer cada orden?

—Algo se acerca —espeta Malo, que va medio paso por delante de mí—. ¿Luchamos o corremos?

Por el creciente ruido de botas en el suelo, una pelea terminará con todos nosotros muertos o prisioneros. Así que tomo la decisión y buscamos un lugar donde correr. Volver por el anillo parece factible, pero podrían seguir persiguiéndonos. Si hay un lugar donde *no* quiero pelear con alguien, es fuera de nuestra antigua sala segura, donde un par de Flaum enfurecidos de refuerzo están a un panel de distancia.

Hay una entrada oscura a la cámara del Coro a mi izquierda, pero si hay alguna parte de la Meridia bajo vigilancia constante, supongo que es allí. Así que cuando Viera corre hacia una pequeña puerta situada frente a la entrada de la sección, la sigo.

A diferencia de nuestra sala segura, esta puerta se abre a nuestro paso. Sin panel requerido. Es fácil ver por qué: un almacén. Nos apresuramos dentro, nos apiñamos entre las cajas y estanterías metálicas que contienen todo tipo de suministros. No veo armas. Solo herramientas, cosas cotidianas como soluciones etiquetadas para limpieza, reparaciones y más. Robots apagados permanecen en las esquinas y cuelgan de ganchos en las vigas.

Mientras entramos, la puerta se cierra detrás de nosotros, dejando solo un resplandor verdoso de las luces que rodean la grieta alrededor de los lados del techo. Es suficiente para ver, suficiente para distinguir que hay algo más en el fondo de este gran almacén. La luz blanco-azulada brillante de una pantalla de terminal forma un halo alrededor de su silueta circular. Malo nos hace la señal universal de silencio con la mano y avanza. Mientras va, la mano izquierda de Malo se desliza sobre un estante y toma lo que parece una gruesa barra metálica con un extremo curvo. El movimiento no hace ruido, y Malo empuña el arma con ambas manos mientras se acerca. Viera y yo observamos, mineros en alto, y T'Oli forma su habitual armadura sobre mi pecho.

—Si están buscando a los intrusos, no están aquí —suena una voz robótica y áspera—. Deberían saber que no llegarían tan lejos.

Malo se detiene, me lanza una mirada.

—¿No son un grupo de mudos, verdad? —continúa la voz—. Pensé que esa línea genética se había extinguido hace tiempo. Resulta que ustedes los Flaum se vuelven locos si no pueden hablar entre sí.

¿Flaum? Casi me siento insultada. Malo está confundido ahora, y Viera me mira con una mirada de ojos entrecerrados y labios apretados que suplica permiso para rostizar esta cosa, pero soy una persona curiosa, y no puedo evitar preguntar.

—¿Crees que somos Flaum? —digo, haciendo un gesto a Malo para que se mueva a un lado y le dé a Viera un tiro limpio.

La criatura se estremece por un segundo, y luego hay un zumbido de una máquina poniéndose en marcha. Con un chirrido de metal oxidado, el Amigga se da vuelta para enfrentarnos. No es muy distinguible con la luz de la terminal lavando su piel, pero es fácil distinguir las gruesas y rudimentarias patas metálicas y barras que forman una cuna para la criatura. Comparado con lo que he visto con Ferrolite, mucho menos la Primera Silla, el equipo de este Amigga es tan básico que tengo que reprimir una risa.

—¿Humanos? —el Amigga suena sorprendido—. No se supone que deban existir.

—Sí, lo sabemos —dice Viera—. Tanto ustedes como los Sevora intentaron asegurarse de eso. Y ambos fallaron.

—No, no —responde el Amigga—. No es así. Siempre hubo algo mal en su composición. Su especie nunca podría vivir lo suficiente para ser viable. Por eso se descartó el experimento. Qué lástima que tuviéramos que desperdiciar un gran planeta en ustedes.

No lo desperdiciaron —digo—. Es nuestro hogar.

—¿Lo es? —el Amigga se ríe—. Por supuesto que Ignos haría algo así. Siempre fue testarudo. Nunca quiso rendirse incluso cuando sus proyectos fallaban.

Una parte de mí quiere escuchar lo que el Amigga sabe, otra parte se está molestando por el constante bombardeo de insultos del Amigga.

—¿Por qué...? —empiezo a decir.

—Sean buenos pequeños fracasos —interrumpe el Amigga—, y déjenme ahora. La Primera Silla pide una evacuación y finalmente tengo un momento de paz para mí. No puedo dejar que errores como ustedes lo arruinen.

—Llámame error una vez más —dice Viera.

—¿Te molesta la verdad, fracaso?

Antes de que otra palabra salga de sus altavoces, hay una serie de brillantes destellos rojos trazando desde el minero de Viera hasta el Amigga. Cada impacto genera una pequeña llama, y al tercero, un gemido distorsionado sale de la criatura. Entonces Malo ocupa el espacio, golpeando duro y rápido con su herramienta robada. Rompe todo lo que puede encontrar en la máquina del Amigga, luego también destruye la pantalla de la terminal.

—No sé qué nos va a disparar aquí —dice Malo ante mi ceja levantada cuando el guerrero termina de retorcerse.

—Estoy de acuerdo —dice Viera.

—Podría habernos dicho algo —digo, acercándome para examinar al Amigga—. Sabía de nosotros.

—Lo que sabía —dice Malo—, no somos nosotros. No somos ningún experimento fallido, Kaishi. Somos los únicos que podemos decidir lo que somos.

El cuerpo del Amigga está quemado y arrugado. Cualquier secreto que guardara, ya no podré escucharlo ahora. Así que me levanto, me giro hacia mis compañeros fallidos y señalo con la cabeza hacia la puerta.

—Malo, estás empezando a pensar como yo —dice Viera—. No me gusta.

—A mí tampoco.

DESAFORTUNADAMENTE, el lado opuesto del nivel no está mejor que por donde entró Sax. Solo hay un par de ascensores, ambos bloqueados con un panel rojo brillante, y sin la mano ahora cercenada de Kah, Sax tampoco podrá salir por allí. En cambio, tiene que saltar y rasgar la pared para esquivar una serie de ataques de los robots de guerra que lo persiguen. Ahora más de una docena giran para observar cómo Sax salta desde la pared hacia otro grupo de robots de guerra inactivos, usando sus cables para mantenerse en movimiento por encima del suelo.

Correr en círculos sin sentido no lo mantendrá vivo por mucho tiempo.

—¡Hemos encontrado una vulnerabilidad! —grita Nobaa desde la terminal central, la única voz que, por mucho que le moleste, le da a Sax un poco de esperanza—. ¡Engee está en la red de Meridia, y todos estos robots de guerra están conectados a...!

Sax se pierde la última parte cuando el robot de guerra sobre el que está parado se activa y se suelta de su cable. Sus garras mantienen a Sax agarrado en la parte superior y le dan al Oratus la oportunidad de saltar antes de que el nuevo robot de guerra balancee su espada a través del lugar donde estaba. Con su propia espada sin energía, Sax bloquea la segunda espada del robot mientras aterriza sobre el siguiente robot en la fila. Le gustaría darse la vuelta y enfrentarse a una de estas cosas, pero varios más ya están rodeando la posición, sus micropropulsores los hacen flotar sobre las máquinas desactivadas hacia Sax. Una línea implacable y ciega de espadas brillantes y orbes de metal azul.

De vuelta a los ascensores originales. Ganando tiempo. Ganando espacio. Pero cuando Sax llega a esas mismas puertas, ese mismo panel rojo, se detiene. Sus respiraderos expulsan aire y emite un sonido largo y bajo. Correr no es para lo que está hecho, no es lo que hace. Si Sax va a morir, no será con una espada en la espalda. Será luchando e intentando vivir, por imposible que parezca.

Al darse la vuelta, Sax espera encontrar a los robots de guerra acercándose, listos para cortarlo en pedazos de Oratus. Lo que ve en cambio le obliga a parpadear una y otra vez. Una clasificación de los sonidos, el choque y el estruendo que Sax pensaba que eran los robots de guerra abriéndose paso hacia él pero que, en cambio, es la estridente cacofonía de metal golpeando metal. Más robots de guerra se están activando, desenganchándose de los gruesos cables blancos y negros que los sujetan al techo y estableciéndose en una pelea... entre ellos. Las espadas se balancean, zumbando con energía, y los mineros vacíos chocan entre sí mientras las extremidades metálicas vuelan y las chispas prenden fuego a cables y alambres esparcidos por la habitación mientras las máquinas se destruyen entre sí.

Sax observa. Dedica un pensamiento a agradecer a Nobaa y Engee. La terminal está en medio de esa ardiente lucha robótica, y Sax supone que no va a sobrevivir. Los dos

Teven deben haber encontrado una manera de hacer exactamente lo que se había hecho con los robots de guerra innumerables veces a lo largo de su existencia: volverlos contra sus creadores.

Es bueno tener confirmada la razón de su existencia.

Ahora Sax suprime sus propios instintos. Quiere saltar a la pelea, desgarrar y morder y destruir junto con las cosas mecánicas, pero se contiene. Enfoca sus corazones que laten rápidamente y sus ojos inquietos lejos de la muerte no inminente y hacia el techo. Nobaa dijo que su escape estaba allí arriba, a través del techo hacia otro ascensor. Uno que podría subir más alto, tal vez hasta el Rayo Prioritario.

Sax da otro salto, escala la pared hasta el techo y se aferra con sus garras y garras delanteras mientras sus garras medias se ponen a trabajar desgarrando y destrozando las baldosas. Cavando su camino a través de las entrañas de Meridia para abrir un camino hacia arriba. Hay tuberías y cables, cableado desconocido y cosas que hacen ruidos mientras Sax intenta abrirse paso entre ellas. Un Oratus no es pequeño, así que mientras Sax intenta apartar lo que puede, deja más de unas pocas cosas rotas y destrozadas en los anales entre los dos niveles.

A veces esas cosas bañan las escamas de Sax con chispas, a veces con gases o fluidos desagradables, pero Sax no piensa en ello. Se fuerza a sí mismo más allá del momento y hacia el futuro, hacia donde todo esto valga la pena. Hacia donde no haya más Coro y la única elección que tenga que hacer sea dónde, con Bas, quieren ir. Qué cosas quieren cazar. La esperanza se mantiene con Sax y le ayuda a abrirse paso hasta que llega al suelo más grueso antes del siguiente nivel.

Apretado entre una gruesa tubería negra que sugiere cosas terribles si se rompe y un conjunto enredado de cables, solo algunos de los cuales llevan las marcas de los cortes de Sax, el Oratus se aplasta contra la pesada baldosa. Está fría y es roja. Gruesa y lisa, incluso por debajo. La luz que tiene Sax se filtra desde el nivel inferior, donde, a juzgar por el ruido, la pelea de robots de guerra continúa. Puede ver, puede apoyarse y puede empujar, y cuando Sax lo hace, la baldosa se dobla y se libera de su posición, deslizándose sobre sus vecinas.

Hay un problema: la baldosa es pequeña y Sax es enorme. Tiene que mover más y hacerlo antes de que algo en este nivel decida hacerlo pedazos. Sax trabaja rápido, pateando y empujando otras baldosas a un lado, esperando que en cualquier momento llegue una explosión, pero no sucede, y Sax logra salir y ponerse de pie sin que un solo ataque lo inutilice.

—Fascinante. Nunca esperé verme aquí —las palabras son suaves, lentas y metódicas, como si cada una surgiera como resultado de un esfuerzo deliberado.

El nivel está iluminado en un tenue carmesí por una serie de lámparas sobre las puertas de los ascensores a ambos lados del nivel. Lo primero que Sax nota, después de fijarse en la luz, es que ambos bancos tienen paneles que brillan en rojo frente a ellos. Bloqueados más allá de la capacidad de Sax para abrirlos.

—No tienes que preocuparte —continúa la voz—. Dejan caer la comida de vez en cuando. Lo suficiente para evitar que te mueras de hambre.

Sax mira hacia el origen del sonido, cuya debilidad llevó al Oratus a ignorar el ruido hasta poder identificar cualquier posible vía de escape. Como no hay ninguna, Sax dedica toda su atención al hablante. Y retrocede. Casi cae por el agujero que acaba de hacer.

La voz proviene de un Oratus, pero es el más viejo que

Sax ha visto jamás. Sus escamas, que alguna vez fueron de un verde metálico, están descascaradas y descoloridas, curvándose en los bordes como una flor en el frío. Hay agujeros oscuros donde deberían estar sus ojos, y de sus garras, solo queda la delantera derecha. Todas las demás han sido fusionadas, sus extremos convertidos en inofensivos muñones. Los dientes también han desaparecido, y las garras son astillas encogidas y translúcidas.

—La edad es algo terrible —continúa el Oratus—. No estamos hechos para envejecer, tú y yo. No fuimos creados para eso.

—¿Quién eres?

—¿Yo? Fui alguien una vez, hace mucho tiempo, pero ahora solo soy una prueba. Un experimento para el Coro —el Oratus mira hacia arriba con su rostro sin ojos—. Me observan todo el tiempo. Buscando algo, cualquier cosa. Me mantienen vivo, me usan para lo que necesitan, y me dejan aquí cuando terminan, a esperar.

Sax sigue su mirada. A través del techo, ocultas en las sombras debido al ángulo de esas lámparas de ojos rojos, pequeñas protuberancias de cámaras salpican las baldosas. Demasiadas para un solo sujeto, para un área tan pequeña.

—Pero ¿qué eres tú, visitante? —pregunta el Oratus—. ¿Un nuevo sujeto? ¿Han cambiado las reglas del juego?

—El juego está terminando —sisea Sax. No tiene tiempo para esto, sin importar cuán curiosos sean este Oratus y su historia—. ¿Sabes cómo llamar a los ascensores?

El Oratus ríe, o jadea, Sax no puede distinguir realmente qué están haciendo las ventilaciones del viejo—. No los llamas. Ellos lo hacen —La única garra señala hacia arriba—. Todo aquí les pertenece, incluyéndonos a ti y a mí.

Sax está a punto de ir a examinar más de cerca uno de los bancos de ascensores, pero las palabras del Oratus le provocan un corte de ira. Esta criatura está equivocada, rota. Un Oratus nunca debería rendirse. Debería luchar hasta el final y abrazar una muerte bien ganada. Este es todo lo que un Oratus nunca debería ser.

—Nadie me posee —responde Sax, y en lugar de ir hacia los ascensores, camina pesadamente hacia el viejo Oratus, que está tendido en el suelo vacío cerca de un reciclador de aguas residuales—. El Coro puede haberme creado, pero no soy su herramienta.

En el campo de batalla, Sax ayudaría a un luchador caído. Lo pondría de pie, le administraría la ayuda que pudiera y pediría auxilio para poder reanudar su verdadera misión. Esto no es un campo de batalla, y el viejo Oratus, aparte de su edad, parece ileso. Tal vez por eso Sax se siente tan impulsado a forzar al Oratus a ponerse sobre sus garras, a hacer que la criatura se ponga de pie. El viejo Oratus sisea sorprendido cuando Sax repentinamente agarra sus brazos y lo levanta.

—¿Tu nombre?

—Sujeto —sisea débilmente el Oratus, apoyándose en Sax—. Así es como me llaman.

—No me importa cómo te llamen ellos. ¿Cuál es tu nombre?

El Oratus levanta la cabeza, un movimiento lento y crujiente que hace que Sax se estremezca. No es correcto que un Oratus sea tan débil.

—Rovel —dice finalmente el Oratus, las letras saliendo una tras otra como una caja abriéndose.

Cinco letras, y no una combinación que Sax haya escuchado antes. No es un nombre para un Oratus doblegado para la guerra, ni uno para el mando. Rovel. El nombre es lo suficientemente sorprendente como para que Sax dé un paso atrás —cuidando de mantener sus garras en posición para atrapar a Rovel si se desplomara hacia adelante— y considere al viejo Oratus nuevamente. Las heridas, las deformaciones, pero ahora puede ver un marco diferente en Rovel. De pie, Rovel no asume una postura de combate. Está erguido, sus garras, aparte de la garra media apoyándose contra la estación de agua, cuelgan inertes a sus costados y los ojos de Rovel miran hacia el suelo.

Sumiso, servil.

—¿Te han roto? —se aventura a preguntar Sax. Debe haber alguna explicación para esto, para que un Oratus sea tan plácido.

—¿Roto? —dice Rovel, luego hace una pausa, como si considerara si podría estarlo—. No. No. No roto. Derrotado, tal vez, pero fui hecho así.

Otra palabra extraña para usar, y Sax ignora la presión de seguir moviéndose, de encontrar una salida, de seguir la intuición por su oscuro sendero—. Eres el primero.

Ahora Rovel levanta la mirada. Ahora Rovel mira a Sax directamente—. El primero que sobrevivió.

—¿Te han mantenido vivo todo este tiempo?

—Demasiado valioso para morir.

Sax lo duda, mirando a Rovel. El Coro podría haber capturado a cualquier número de Oratus, haberlos tomado del Vincere y haberlos escondido aquí. Debe haber alguna otra razón, tal vez una que pudiera ayudar.

Dime cómo salir de este nivel —sisea Sax con brusquedad—. Ahora.

—Ya te dije...

—Mentiste.

Rovel inclina la cabeza. No dice nada.

—Los Amigga son despiadados. Reemplazarían algo tan inútil como pareces ser. Llama a los ascensores.

Rovel le da a Sax una mirada fija y, por primera vez,

muestra sus dientes—. Soy el primero, pero también soy el último, Oratus. Me dieron una mente para emparejar este cuerpo, y cuando resultó demasiado fuerte, ayudé a reducir a los de tu especie a monstruos instintivos. A destellos de ira acoplados con apenas la suficiente comprensión para hacer estrategia militar —Rovel se calma mientras raspa las palabras, despojándose de la postura más débil, parándose firme y mirando con intensidad—. Eres un producto, y nosotros somos tus creadores.

—No me importa —dice Sax, y es verdad. Él es quien es, lo que es. Nada de lo que esta patética excusa de Oratus pueda decir puede cambiar eso—. Llama a los ascensores.

—¿Sabes por qué estoy aquí? —sisea Rovel de nuevo, aparentemente sin escuchar a Sax—. Porque todos ustedes fallaron. Solía estar en la cima de esta torre, solía estar cerca de la Primera Silla. Pero ahora los Oratus se extinguirán, reemplazados por esas máquinas. Todo por su resistencia. Porque no obedecerán a sus creadores.

—Una última vez. Los ascensores.

Cuando Rovel toma un respiro profundo, comenzando otra diatriba, Sax azota su cola y golpea al anciano Oratus en la cara, enviando a Rovel tambaleándose contra la pared junto a la estación de agua. Es un movimiento que le dice a Sax todo lo que necesita saber: su cola vino en un largo arco, con tiempo suficiente para que Rovel interceptara, esquivara o incluso atacara a Sax antes de que el golpe llegara.

Los Oratus deberían ser armas, e incluso un arma vieja debería saber cómo luchar.

—Patético —sisea Sax, luego se gira hacia el banco de ascensores de la izquierda.

Nobaa dijo que había un ascensor aquí capaz de llevar a Sax hasta la cima. Hay cuatro en este nivel, y uno de ellos es el que está buscando. Cinco largas zancadas llevan a Sax hasta las puertas del ascensor y su panel rojo, sin forma de desbloquearlo.

A menos que...

—Rovel —Sax mira hacia atrás al viejo Oratus, que se levanta lentamente del suelo—. Puede que todavía tengas una manera de servir a tu especie.

CAPÍTULO 13

CREACIÓN

EN EL EXTREMO más alejado del nivel, opuesto a la bahía de atraque donde llegamos, hay un banco de cuatro puertas metálicas lisas. Cada una está sombreada con un color diferente y, mientras nos acercamos a un panel elevado frente a ellas, la pantalla se divide para mostrar rangos de números junto a pequeños cuadrados coloreados que muestran esos mismos colores.

—Esto lo hace fácil —digo mientras nos acercamos. A nuestro alrededor, la colección habitual de terminales ocupa el anillo, por lo demás vacío. Después de dejar el cadáver del Amigga en el almacén, nos hemos movido lentamente hasta aquí, pero no hemos oído otros pasos acercándose—. ¿Dónde dijiste que estaba el nivel?

—Solo tres por debajo del nuestro —responde T'Oli—. Así que, el verde.

Cada una de las puertas tiene un panel de pantalla única que permanece oscuro hasta que presiono mi palma contra su fría superficie. Esta se ilumina en color turquesa y, aunque no oigo nada, solo pasa un momento antes de que las puertas verdes se abran y den paso a un ascensor ancho y alto. El tamaño es tan absurdo que me quedo mirándolo un momento antes de recordar lo enormes que son los Oratus.

—Me hace sentir pequeña —dice Viera mientras entramos.

—Por eso tú llevas los mineros —respondo.

Le había dado mi minero a Viera también, dado que mi puntería tiene tantas probabilidades de alcanzar a uno de nosotros como al enemigo. En su lugar, seguí la elección de Malo y agarré un par de herramientas largas y gruesas para empuñar.

Una, una barra de medio metro que termina casi en punta, viene con una correa que me permite apoyarla en el hombro. La otra, un garrote más corto y grueso con cabeza de mazo, encuentra un agarre fácil en mi mano izquierda. Con cualquiera de las dos, debería poder hacer una contribución útil en una pelea sin arriesgar demasiado daño a mis amigos. El garrote, después de todo, es similar a los kukris. Un poco más largo, un poco más pesado.

Malo hace los honores y presiona el botón para hacernos descender y el ascensor obedece con un silbido.

A diferencia de los ascensores en una nave Vincere, o incluso en la Vimelia destrozada por la luna de Sevora, este no es una austera caja de metal. En cambio, las paredes laterales cambian entre escenas estáticas mientras nos movemos. Cuando entramos al ascensor, vi un cielo helado con nieve brillante cayendo, atrapando la luz de una estrella distante. Ahora estamos descendiendo rodeados de asteroides girando en el espacio profundo, con salpicaduras de púrpuras y rojos dispersos a nuestro alrededor.

Los Amigga son capaces de cosas terribles, pero también hermosas. Igual que los humanos.

Sin embargo, cuando las puertas del ascensor se abren, no hay mucha de esa belleza ante nosotros. En su lugar, el azul fantasmal de las pantallas de las terminales domina un espacio oscuro. Todas las luces superiores están apagadas, y lo único que puedo ver desde las puertas son esas pantallas y las proyecciones más grandes y brillantes que ocupan los espacios entre ellas.

Hay representaciones de criaturas que nunca he visto antes: cosas con multitud de patas, otras que parecen ser burbujas de gas con una única y pequeña esfera flotando en el centro. Otras muestran paisajes tallados, cañones estriados o una vasta llanura cubierta de enredaderas. Todo en ese azul blanquecino, y todo flotando justo por debajo de la altura de mis ojos.

—Esperen —susurra Malo, nuevamente liderando el camino—. No estamos solos.

—Pensé que habían ordenado una evacuación —murmura Viera—. ¿Por qué sigue habiendo gente aquí?

—Tal vez están locos —digo—. Como nosotros.

Lo que Malo ve se me hace claro cuando rodeo una proyección gigante y giratoria de un planeta. Agrupados más adentro del nivel, manipulando una serie de imágenes, hay un Amigga, junto con un trío de Flaum. Sin embargo, ninguno de ellos lleva armas. Ninguno lleva armadura, aunque el Amigga parece flotar en una máquina de microjet como la que usa Ferrolite.

—Así que Ferrolite no mentía —dice el Amigga, y su voz grave y áspera hace eco en los altavoces a nuestro alrededor, aparentemente incrustados por todo el nivel—. Los humanos realmente han vuelto a casa.

Con Viera manteniendo sus mineros apuntando a los Flaum y su maestro esférico, tomo la delantera, serpenteando entre las proyecciones y las terminales que las producen. Puntos blancos en el suelo llevan un tenue contorno azul profundo, permitiéndome ver dónde se podría crear una silla. Uno de los Flaum ya tiene un pequeño pedestal junto a él, donde descansa un dispositivo que parece un Cache.

Los alienígenas me observan, silenciosos e inmóviles. Me siento como una criatura mítica, saliendo de las leyendas —o al menos, de viejos registros de datos— para aparecer frente a incrédulos. Sin embargo, a diferencia del Amigga en el almacén de arriba, este me deja hablar primero.

—Queremos saber de dónde venimos y por qué —digo—. ¿Puedes decirnos?

—No creo que me creyeras si lo hiciera —responde el Amigga—. No estarás trabajando con esa fuerza que ataca la base de nuestra hermosa torre, ¿verdad?

—Aún no. —Técnicamente, no hemos hecho nada para ayudar a Bas y sus invasores, y no tengo miedo de aprovechar las líneas borrosas—. Vinimos aquí para comprometer nuestra especie con el Coro, y quiero saber por qué consideraron apropiado crearnos.

—Entonces haré un trato contigo —responde el Amigga—. Bajen sus mineros y dejen que mis asociados se vayan libres. De todos modos, deberían abandonar la Meridia, y te prometo que no encontrarán guardias. Hazlo, y usaré mi acceso para mostrarte los registros restringidos que contienen tu verdadera historia.

Confiar en un Amigga es como lanzar un cuchillo de cristal negro al aire e intentar atraparlo; te vas a lastimar. Sin embargo, no creo que Viera pueda sacarnos de esta situación a tiros. Dado nuestra mala suerte con la terminal en la sala segura, pasar sin el acceso del que habla el Amigga no parece probable. Así que mientras los seis ojos del trío de Flaum y la masa gris sin expresión que es el Amigga me devuelven la mirada, tengo que elegir:

¿arriesgar nuestras vidas por una oportunidad de ver nuestra historia?

—Hazlo —dice Malo, y su voz está más cerca de lo que esperaba. Lo siento acercarse por detrás, luego moverse a mi lado y pasarme, hacia nuestros rehenes—. Haz que los Flaum se vayan. Abre los registros.

—¿Malo? ¿Qué?

Malo no me mira, sino que señala con su barra de herramientas a través del nivel, atravesando las proyecciones hacia el ascensor opuesto. —Vayan. Los Flaum, sin embargo, solo se mueven cuando yo asiento y Viera baja sus mineros por el más mínimo margen. Solo cuando las criaturas peludas han comenzado su salida, Malo me dirige una mirada. —Escapamos de esa habitación porque querías saber de dónde venimos. Si no tienes la oportunidad de verlo, ¿entonces cuál es el punto?

—¿No suenas como si quisieras saber? —le pregunto a Malo, y noto que Viera se mantiene alejada de esta discusión. T'Oli también se aleja silenciosamente de mí y sigue a los Flaum, contento de dejar fuera sus opiniones salpicadas.

—Yo sé de dónde vengo —responde Malo—. Mis padres vivían en Damantum, aunque supongo que ya no. Soy un guerrero Charre, y sirvo a la Emperatriz y sigo al dios de todas las cosas, Ignos. Nada más importa.

El Amigga flota allí, contento de dejarnos discutir. Tal vez está estudiando nuestro comportamiento, registrando cada palabra en la breve historia de la raza humana del Coro.

—Tú no estabas allí —le digo a Malo—. Cuando volvimos y vimos lo que quedó, lo que sobrevivió cuando el Coro intentó borrar cada rastro de nosotros. Fuimos *creados*, Malo. Diseñados y cultivados. Lo que no sé es por qué.

Malo retrocede del Amigga y el terminal detrás de él.

Me hace señas para que tome su lugar. —Entonces aprende. Pero Kaishi, no me lo cuentes. No me importa. Prefiero la historia que conozco. Nuestra historia.

El guerrero puede tomar sus propias decisiones, así que acepto su oferta y me acerco al Amigga, quien gira para enfrentar el terminal. Es uno grande, con un trío de pantallas anchas, cada una con una protuberancia en la parte superior que proyecta luz azul en una plataforma detrás de todo el conjunto. Ahora mismo muestra un paisaje, pero con un rápido zumbido-whirr, el Amigga emite algún comando que desliza varias piezas fuera de su disco flotante. Los tentáculos con cilindros brillantes y cortos en el extremo flotan hacia el suelo por medio segundo, luego se disparan hacia el terminal y se enganchan en círculos correspondientes.

—Aseguraremos el área —ofrece Viera desde atrás de mí, tanto, sospecho, para darle algo que hacer a Malo como para protegernos de una amenaza. Todos sabemos que el Coro podría eliminarnos si les importara lo suficiente—. Avísanos cuando hayas terminado.

—Seré rápida. —Es una promesa que no puedo mantener, porque no tengo idea del viaje que estoy a punto de comenzar, pero parece lo correcto decir.

—Humana —dice el Amigga—. La maldición de mi especie es que no nos preocupamos demasiado por los sentimientos de los demás, pero debo estar de acuerdo con tu amigo. Lo que verás aquí expondrá tu pasado como algo mejor dejado en el olvido. Estos secretos no ganarán tu guerra, ni salvarán a tu especie.

—No sabes eso.

La proyección detrás del terminal cambia mientras el texto comienza a llenar la pantalla. Detrás y más allá de mí, puedo oír a Viera y Malo comenzar a mover muebles.

Bloqueando los ascensores. Comprándome tiempo para aprender y entender.

—Muy bien. Tu historia, tal como es, comienza con un accidente.

El terminal del Amigga se desenfoca y cambia hasta que veo otro mundo en su pantalla. Detrás del terminal, la proyección azul también cambia; a un mundo que reconozco como el mío. Los continentes de la Tierra se asientan en el globo que gira lentamente, hasta que se les une un óvalo mucho más pequeño, uno que la proyección enfoca y aumenta. El terminal se une, bloqueándose en la perspectiva de alguien. Hay un pasillo blanco metálico y cuidado, algunos Flaum de pie sosteniendo todo tipo de dispositivos y observando mientras quien sea que guía la vista del terminal se desliza.

Se desliza.

—¿Estos son los ojos de un Amigga? —pregunto.

—En cierto modo —responde el Amigga—. Este dispositivo registra y transmite lo que podríamos ver si tuviéramos ojos. Vinculamos nuestros nervios a sus receptores y, al hacerlo, ganamos control sobre sus capacidades tal como tú lo tienes sobre tus propios miembros.

—¿Entonces quién es este?

—Tu creador.

Nuestro 'creador' continúa hasta llegar a una gran escotilla circular. Emite algunas órdenes moderadas a otros Flaum —todos usando máscaras completas, cuyo brillo mantiene presionado el pelaje de los Flaum— y la escotilla se abre. Reconozco una lanzadera al otro lado, y pronto nuestro guía está en su cabina.

—¿Cómo vas a llamar a este planeta? —pregunta uno de los pilotos Flaum—. No está en los registros.

—No lo he pensado. —El guía guarda silencio por un

momento—. Lo elegiremos más tarde. Cuando sepamos qué va a pasar aquí.

La grabación se congela. Miro hacia la proyección y también está congelada.

—Este es el primer indicio que tenemos de la duda de Ignos —me dice el Amigga—. Un Amigga debería ser más seguro. Le dimos a Ignos uno de los planetas más valiosos que quedaban en la galaxia. Ignos nos dijo que crearía nuestra última especie, y mintió.

—Quieres decir que confiaron en Ignos.

—Los Amigga no confían a la ligera. Las reputaciones se construyen y mantienen, e Ignos tenía una intachable. Ayudó a diseñar los Oratus, incluyendo la variante espejada que ves por toda esta torre —el Amigga casi suena triste aquí —. Tanto potencial desperdiciado en una premisa defectuosa.

—¿Cuál era?

—Que podríamos crear algo mejor que nosotros mismos.

El terminal salta a otro clip antes de que pueda investigar esa declaración. Ahora estamos en un bosque, uno muy diferente de la jungla en la que crecí y más parecido a esos conjuntos dispersos en las montañas Lunare; pinos y trozos de nieve. Un suelo marrón en lugar de uno repleto de helechos. Sin embargo, es igualmente verde, aunque la vista panorámica muestra una amplia variedad de Flaum manejando herramientas o conduciendo máquinas masivas y pesadas que se abren paso a través del paisaje.

—Necesitaremos cavar profundo —dice Ignos a algo que no podemos ver.

—¿Profundo? —la voz ligera delata a otro Flaum.

—Lo suficiente para enterrar nuestros errores y preservar nuestros éxitos.

La pantalla cambia de nuevo y estamos más adelante.

Un pequeño arroyo corre entre un conjunto de árboles y un trío de criaturas ocupa el centro, mirando el agua en movimiento. Las criaturas son pequeñas, más bajas que yo, y tienen varios tonos de piel, desde marrón hasta negro y blanco. Algunas tienen mechones de pelo sobresaliendo de lugares extraños, como sus rodillas o la mitad de sus espaldas. Sus manos, también, están encogidas y terminan en garras ganchudas.

—Tóquenla. El agua no les hará daño —dice Ignos.

Las criaturas dudan. Una lanza una mirada hacia la pantalla, y veo que su ojo izquierdo ocupa casi la mitad de su cara, su pupila es enorme y el párpado es un desastre flácido. Los otros, sin embargo, se ven más normales. Más humanos. Sin embargo, ninguno se mueve para obedecer la orden.

—Tócala, ahora —la exasperación es evidente en la voz de Ignos.

Aun así, ninguno de ellos se mueve. Uno diferente abre la boca y sale un gorjeo bajo y distorsionado, como el chirrido nervioso de un Flaum mezclado con los ululos de un búho. Ninguno toca el agua.

—Demasiado asustados. Aumenten la agresividad y la curiosidad en el siguiente lote —dice Ignos—. Y, por favor, eliminen el pelo. Deben ser adaptables, y el pelo añade demasiadas complicaciones.

—¿Algo más con estos? —No puedo ver quién hace esta pregunta, pero suena como otro Flaum.

—No. Desházte de ellos.

Parpadeo. Me contengo de apartarme del terminal. —¿Ignos simplemente ordenó matarlos?

—Un proyecto como este tendrá numerosos fracasos en el camino hacia el éxito —me dice el Amigga—. ¿Preferirías que los dejáramos vagar por un mundo desconocido hasta que algún depredador los consumiera? O, dependiendo de la etapa de desarrollo, podrían no haber tenido la capacidad de comer. De hablar o digerir. Crear una nueva especie es un asunto complicado.

Empiezo a entender por qué los Amigga tratan a todos como secundarios, como herramientas para ser utilizadas. Si hubieras desechado innumerables iteraciones como nada más que errores en el camino hacia tu creación preferida, probablemente tampoco te importaría demasiado.

El terminal parpadea de nuevo y ahora estamos bajo tierra. Un espacio que reconozco, aunque la falta de basura y la presencia de luces funcionando le dan una sensación diferente a cuando exploré la base en ruinas. Ignos parece estar flotando frente a un terminal del tamaño de una pared, mirando muchos gráficos y números diferentes.

—Ha habido otro conflicto —la voz de un Flaum, creo que el mismo de antes—. Ya van tres esta semana.

—Pensé que habíamos ajustado la violencia. Pasaron las pruebas.

—No es la violencia, Ignos. Es la inteligencia. Cuando creamos a los Oratus, los hicimos obedientes hasta el extremo. Estos humanos tienen demasiada independencia. Cuando se frustran, no escuchan. Pelean.

—¿Pero se les puede enseñar?

—Sí —la voz del Flaum se vuelve más esperanzada—. Nuestras evaluaciones muestran, además, que los Sevora no podrán establecer un control total.

—Por esa independencia.

—Sí. Parece que la misma voluntad que impulsa a estos humanos a actuar en su propio interés les permite superar los bloqueos de un Sevora.

—Entonces encontraremos otra manera de calmarlos.

El terminal hace una pausa de nuevo.

—¿Ves el problema? —me dice el Amigga—. Ignos creía que la fuerza de voluntad era la clave para derrotar a los Sevora. Lo que no se dio cuenta fue que esa misma fuerza de voluntad podría, un día, ser usada contra el Coro. Cuando vimos estas grabaciones, cuando vimos el continuo fracaso de Ignos para hacer felices a los humanos en una existencia controlada y definida como la que tienen los Oratus dentro del Vincere, tomamos la decisión de acabar con tu especie antes de que pudiera proliferar.

—¿No les gustó que pensáramos por nosotros mismos?

—No solo que pensaran por sí mismos, sino que actuaran sobre esos impulsos. Ignos también había ajustado su tasa de reproducción lo suficientemente alta como para hacer posible una población a escala galáctica. Los Oratus están controlados. Los Vyphen, Teven, la mayoría de las especies tienen tasas de natalidad lo suficientemente bajas para mantenerlas manejables. Los Flaum son demasiado asustadizos e inadecuados para el mando como para ser una amenaza. ¿Pero los humanos? Ellos serían un problema —El Amigga emite una risa monótona—. Ustedes *son* un problema.

El terminal parpadea de nuevo, y ahora Ignos está flotando rápidamente hacia el gran hangar de la base. Todo tiembla, los paneles del techo se están cayendo, y los Flaum alrededor de Ignos están gritándose entre sí y al Amigga.

—¡Asegúrense de que los suministros de respaldo estén listos! —grita Ignos mientras el Amigga entra en el hangar lleno de lanzaderas.

Cuando estuve allí por última vez, la salida estaba enterrada. T'Oli, usando una lanzadera robada, atravesó el techo para darnos una salida. Ahora, a través de los ojos de Ignos, puedo ver una rampa amplia y abierta que conduce a un cielo azul brillante. Hierba y árboles se asoman por los lados mientras Ignos echa lo que parece una mirada nostálgica a una Tierra que está a punto de abandonar.

—Lo están. Ya tenemos suficiente almacenado —la misma voz del Flaum—. Ignos, tenemos que irnos ahora. Los Vincere están enviando lanzaderas.

—Entonces tenemos una oportunidad —dice Ignos—. Activen el protocolo de estado de guardado. Si pierden demasiado, podrían dejarnos en paz.

Ignos flota por la rampa de una lanzadera, y en cuestión de momentos la nave sale disparada por el hangar. Sin embargo, en lugar de elevarse hacia el cielo, observo a través de los "ojos" de Ignos cómo la nave se precipita a través de las copas de los árboles y estrechos pasos, manteniéndose cerca del suelo.

—Coro, cuando vean esto, sepan que no les guardo rencor por sus fallos miopes —dice Ignos, y la grabación se vuelve negra—. Pueden pensar que he fallado, pero les prometo que no es así.

—Eso es todo —dice el Amigga un segundo después—. Después de esa transmisión, no volvimos a saber nada más de Ignos. Poco después comenzamos un bombardeo de limpieza en ese lado de la Tierra, y se asumió que Ignos pereció en ese ataque. Ahora, sin embargo, parece más probable que Ignos y sus asociados murieran de forma más natural después de ayudar a tu especie a comenzar de nuevo.

Así que todo es verdad, entonces. Me sorprende la confusión que siento, la decepción. Supongo que había esperado, de alguna manera, que todo lo que había sospechado estuviera equivocado. Que los humanos que Viera y yo descubrimos en el otro lado de la Tierra fueran producto de algún experimento posterior que salió mal, no las pruebas originales de lo que se convirtió en Padre, Madre y yo. Que la mayoría de la humanidad adore la gran estrella amarilla en nuestro cielo como Ignos tiene más sentido ahora: el fantasma inquietante de donde comenzamos.

Las punzadas de inquietud en mi estómago se convierten en disgusto. Ser la creación de un Amigga implacable y brutal no es una historia que quiera tener. No es una historia inspiradora. No es una historia de superación de dificultades o de crear un mundo mejor. Es la idea de un alienígena que, por suerte y algo de planificación, sobrevivió a la extinción forzada del resto de la galaxia civilizada.

Más que todo eso, no quiero ser propiedad del Coro. No quiero ser su creación. Su *producto*.

—Bórralo todo —digo, y cuando el Amigga no se mueve inmediatamente para seguir mi orden, levanto el martillo en mi mano derecha—. Hazlo, ahora.

—Humana, estos son registros sellados —responde el Amigga—. No están en Caches. No existen en ningún otro lugar más que aquí, donde solo aquellos con la autorización adecuada pueden verlos. Te aseguro que los orígenes de la humanidad seguirán siendo un secreto.

—Sí, lo serán —digo—. Porque vas a destruirlos. Ahora.

El Amigga duda. Supongo que la criatura considera la destrucción de este tipo de conocimiento como una especie de sacrilegio, dado el entorno y su capacidad para acceder a estos registros secretos. Yo, sin embargo, veo estas grabaciones como evidencia de algo que no importa.

Antes de ver lo que hizo Ignos, creía que veníamos del polvo, de la magia de un dios. Todos los humanos en la Tierra creen algo similar. Mitos y leyendas, historias que se cuentan día y noche sobre las maravillosas formas en que creció nuestra civilización. Estas... estas no son nada. Una mala historia contada por una mala especie, y una que no merece ser contada por segunda vez.

—Haz lo que ella pide —Malo aparece a mi lado, y juntos usamos nuestras armas para dejar claras las consecuencias.

La amenaza no puede tener mucho peso, ya que no sé cómo funcionan las terminales. Cómo el Chorus almacena estas grabaciones. Si Amigga no obedece, no creo que podamos-

La terminal parpadea. Un círculo negro, delineado en rojo, aparece en el centro de la pantalla. Lentamente, el rojo sólido se llena desde el exterior hasta que todo el círculo está completo. Luego, con un tintineo tan bajo que apenas puedo oírlo, la terminal vuelve a su pantalla estática cubierta de iconos.

—Está hecho —dice Amigga—. Sus secretos se han perdido ahora.

—¿Cómo podemos confiar en usted? —pregunto.

—No creo que pueda convencerles —responde Amigga —. No entenderían cómo verificarlo. Lo que pueden hacer, sin embargo, es elegir creer.

—¿Elegir creer? Eso no significa nada.

—¿No es así? ¿No estás usando el mismo argumento para tu propia gente? ¿Dejarles elegir creer sus propias historias sobre sus orígenes?

Me quedo pensando en eso por un momento. Amigga tiene razón en todo, aunque el pensamiento me molesta. Aun así, la criatura dijo que estos secretos solo se almacenan aquí. ¿Por qué arriesgarse?

—Malo, destruyamos estas cosas y vayamos a buscar a los otros. Viera, vigila a este.

Amigga es lo suficientemente inteligente como para retroceder cuando empezamos a golpear. No dice una palabra mientras destrozo una pantalla de terminal tras otra. Mientras Malo desgarra los gruesos cables que conectan las cosas, provocando que salten chispas en los espacios oscuros del nivel. A pesar del tamaño del lugar, trabajando juntos, logramos devastarlo todo rápidamente. Estoy sudada, pero sonriendo al final.

—Se siente bien volver a lo que sabemos hacer, ¿verdad? —me dice Malo cuando terminamos.

—Definitivamente soy mejor destrozando estas cosas que usándolas —Miro a Amigga, flotando en silencio entre los escombros—. Gracias por su ayuda. Cuando el Chorus se desmorone, le haré saber a quien los reemplace que vale la pena mantenerle cerca.

—No importa quién esté a cargo —responde Amigga mientras nos dirigimos a los ascensores—. El ciclo siempre es el mismo. Las historias se olvidan y luego se vuelven a contar.

—Qué filosofía más aburrida —murmura Viera—. Creo que has entristecido un poco al baboso.

—Lo superará —El panel del ascensor, del que no bloqueamos, está frente a mí—. ¿Supongo que necesitamos seguir bajando?

T'Oli se desliza sobre mis hombros. —Si quieres encontrar a esos luchadores, probablemente sea una buena idea. Desafortunadamente, estos ascensores solo suben.

—Entonces supongo que ahí es donde nos dirigimos —Extiendo mi mano, toco el hombro de Malo—. ¿Estás listo?

—Lo estoy, Emperatriz.

—¿Viera?

—Estoy lista para disparar a algo, Kaishi. Vamos por ellos.

Un grito de guerra para la posteridad, pienso.

ROVEL BALBUCEA PROTESTAS mientras Sax arrastra al viejo Oratus de vuelta hacia el banco de ascensores. Las palabras no merecen atención; insultos delirantes y amenazas mezquinas de un cobarde. Sax ha escuchado lo mismo muchas veces antes, generalmente de sus futuras víctimas.

No es que Sax planee matar a Rovel. No, si hay algo que servirá para hacer que los Vincere se pongan del lado de la Resistencia, es la vista de esta criatura. Esta aberración de lo que debería ser un Oratus. Si el Coro está dispuesto a hacer esto a un Oratus, entonces no hay límites para sus maldades.

—Actívalo —Sax termina de arrastrar a Rovel.

—¿Crees que seguiría aquí si me dejaran usar los ascensores? —Rovel cambia de táctica.

No funciona.

—Sí —Sax toma la última garra que le queda a Rovel y la presiona contra el panel.

Como era de esperar, como Sax sabía que sucedería incluso mientras esperaba, en algún pequeño rincón de sí mismo, que Rovel realmente no fuera un sirviente tan devoto del Amigga, el panel se torna verde. El ascensor más cercano debería estar llegando ahora, y si Sax tiene suerte, será el que está buscando.

—Lo intenté —dice Rovel en voz baja y suave, derrotado—. Les dije que intentaría convertirte, cuando sus métodos fallaran.

—Una idea estúpida —dice Sax.

—Casi tan estúpida como atacar al Coro.

El siseo de Rovel muere cuando las puertas del ascensor se abren, revelando no un contenedor vacío que Sax podría usar para llegar a la cima del Meridia, sino un Amigga. O un robot de guerra. O ambos. Sax retrocede del ascensor mientras Rovel se mueve hacia un lado, dando suficiente espacio para que el nuevo visitante salga pesadamente sobre su trío de patas metálicas. Esas tres extremidades forman la base de un exoesqueleto que se eleva y rodea la masa gris-verdosa del Amigga, cubierta por un sello translúcido que Sax reconoce como una máscara. Atravesando la máscara hay un cuarteto de soportes metálicos que se deslizan hacia arriba y sobre el Amigga como una jaula, solo que esta jaula tiene aditamentos letales.

A diferencia de los robots de guerra, que desplegaban sus armas desde delgadas extremidades metálicas que surgían de sus masas flotantes, el armamento del Amigga se extiende sobre su cabeza como un dosel, con un rayo central que se eleva como un rotor sentado sobre la parte superior de la jaula y desplegando extremos brillantes como una hoja extiende sus venas.

Sax mira este conjunto, su letalidad, y hace lo que cualquier Oratus haría ante tal despliegue.

Se ríe.

El sonido siseante hace que el Amigga se congele, su cuerpo asentándose sobre esas tres patas con un crujiente alto. Los mineros sobre su cabeza apuntan sus extremos hacia Sax, como si eso fuera a asustarlo. Estos Amigga siguen olvidando que Sax se supone que está muerto; no hay mucho que temer cuando cada respiración ya es prestada.

—No es la reacción que esperaba —dice el Amigga, su voz baja y grave, y aún monótona. Como si una computadora estuviera intentando intimidar a Sax—. Sospecho que pronto cambiarás tu evaluación.

—No es probable.

—Esos robots de guerra de abajo son antiguos. Artefactos. Demasiados Amigga creen que necesitamos depender de otros para hacer nuestras batallas —dice el Amigga—. Usando esos viejos robots de guerra como guía, he diseñado una forma en que nosotros los Amigga finalmente podemos tomar control de nuestros propios destinos.

Mientras el Amigga parlotea —Sax sospecha que las palabras son más para quien esté observando que para él mismo—, se mueve lateralmente hacia la pared izquierda del nivel. Desafortunadamente, Rovel no ha equipado su piso con nada que se asemeje a mobiliario, así que no hay cobertura en las baldosas planas y simples. Sin algo detrás de qué esconderse, el mejor movimiento será un asalto rápido. Y no desde donde el Amigga lo espera.

—Tenían control de sus propios destinos —sisea Sax hacia el Amigga una vez que su discurso se interrumpe, continuando su movimiento—. Mira a Rovel. Lo tomaron y convirtieron la siguiente versión en mí, y ahora han perdido.

—No, hemos aprendido.

El Amigga gira su cuerpo y Sax se da cuenta un segundo demasiado tarde que esas tres patas están diseñadas para ir en cualquier dirección, y el Amigga puede girar como quiera. Mientras ese conjunto de láseres se gira hacia Sax, el Oratus salta hacia la pared izquierda del nivel. Se agarra con sus garras, se aferra y se mueve rápido, trepando por el costado hacia el techo. Detrás de él, Sax siente el calor y ve los destellos mientras el Amigga quema muchos disparos en la pared debajo de él.

Cuando Sax llega al techo, comienza a dirigirse hacia el Amigga y se detiene cuando una cascada de fuego rojo ardiente quema en oleadas directamente frente a él. Los disparos dejan una línea negra marcada en el techo, y mientras el zumbido se desvanece, es reemplazado por la risa áspera de Rovel. Sax, inmóvil, no tiene duda de que el Amigga podría haberlo rostizado justo allí. El conjunto de armas del monstruo está enfocado directamente en Sax, pero el Amigga no dispara.

—¿Ves? Esto es lo más fácil que puede ser —dice el Amigga—. ¡Ni siquiera un Oratus que ha derrotado tus planes de ejecución puede manejar mi diseño! ¡Después de que termine con él, dame el asiento que merezco!

Ahí está. La última pregunta de Sax está respondida. Los ascensores se detuvieron aquí, Rovel ha estado esperando aquí, y Sax apostaría a que los robots de guerra fueron activados para guiarlo hacia aquí. Sobrevivir hasta este punto lo haría una muerte digna para un Amigga que busca elevarse hasta el Coro.

Sax ha sido utilizado toda su vida. Primero por los Vincere, y ahora por Evva. Ni una sola vez le había hecho enfadar, hasta ahora.

El Oratus se descuelga del techo, impulsándose con sus garras para caer demasiado rápido para que el sistema de rayos del Amigga, que comienza a inundar el nivel con fuego láser, pueda rastrearlo. Con un giro en el aire, usando el impulso del salto, Sax aterriza garras por delante y, ignorando el dolor del impacto, se lanza hacia el Amigga. Sax mantiene su cuerpo lo más pegado al suelo posible, con sus conductos de ventilación presionando contra el piso mientras sus garras, talones y cola lo impulsan hacia adelante.

En su favor hay que decir que el Amigga no es tan confiado como para no intentar retroceder. Sus tres patas comienzan su ascenso y descenso mientras el sistema de rayos se orienta hacia la carga de Sax. Sin embargo, a diferencia de un microjet, aquí no hay propulsión instantánea. Un sacrificio de velocidad por estabilidad, necesario para los pesados brazos armados como los que porta el Amigga.

Desafortunadamente, Sax es rápido.

El Amigga logra un par de disparos rasantes en la espalda de Sax mientras el Oratus salta, el dolor se desvanece ante la sed de sangre de Sax, esa sed insaciable por destruir todo lo que se interpone entre él y sus objetivos. El Oratus golpea al Amigga en el medio, y Sax clava sus garras a través de la principal debilidad de la máscara: golpes cercanos, personales y devastadores. Cada parte de Sax contribuye: su boca arrancando el sistema de rayos del resto del Amigga, sus garras destrozando la jaula y la criatura en su interior, sus talones desgarrando las conexiones con esas gruesas patas. La cola de Sax también asesta un buen golpe cuando Rovel hace un intento inútil por desalojar a Sax del asalto, enviando al viejo Oratus a desplomarse contra la misma estación de agua junto a la que estaba sentado cuando Sax llegó a este nivel.

Antes de que el Amigga pueda decir otra palabra, antes de que pueda disparar otro tiro, ya no existe, y Sax está engullendo los restos. Nunca antes había comido un Amigga, y aunque pocas cosas se comparan con la deliciosa carne peluda de un Flaum, a Sax no le importa este aperitivo a mitad de misión.

Con restos chispeantes esparcidos por el suelo a su alrededor, Sax se levanta de su presa y se vuelve hacia Rovel, quien ha caído en modo de pura súplica ahora que su aparente benefactor ha encontrado el destino que Rovel merecía desde hace ciclos.

—Por favor —dice Rovel, con voz de un lamento enfermizo—. No tuve opción.

Sax no responde. Hay una cosa que todavía necesita de Rovel, y entiende que lo único que este Oratus verdaderamente valora es su propio pellejo. Una moneda tan fácil de explotar como cualquier otra.

—Entonces déjame darte una —responde Sax, vertiendo en las palabras todo el siseo de un verdadero Oratus—. Me llevarás a la cima del Meridia, o te daré muerte aquí y ahora.

—¿La cima? —dice Rovel, y aquí sus ojos se dirigen al otro panel del ascensor, opuesto a donde vino el Amigga—. No tengo esa autorización. Allocite, el Amigga que acabas de... comer, habría podido llevarte allí.

—¿Entonces qué tan cerca? —dice Sax.

Rovel hace una pausa, nuevamente mirando hacia el otro banco de ascensores, entonces el Oratus se levanta sobre sus talones. —Lo suficientemente cerca, creo, para que puedas recorrer el resto del camino.

Con un gesto de la garra delantera de Sax, Rovel guía el camino hacia esos ascensores y coloca su garra en el panel de control. Una vez más, se vuelve verde. Esta vez, sin embargo, un ascensor no se abre inmediatamente, y una serie de números aparece en el panel.

—Una cola —explica Rovel cuando Sax emite un leve siseo de advertencia—. Sin trucos. No hay muchos ascensores que puedan atravesar tantos niveles. Por seguridad, creo. No tengo autorización prioritaria.

Sax puede estar de acuerdo con el Coro en una cosa: confiar en Rovel con algo importante sería un error.

—Después de que me vaya —dice Sax—, llama otro ascensor y baja. Encuentra a Evva y dile lo que hiciste.

—Me matarán si lo hago.

—Yo te mataré si no lo haces —Sax coloca una sola garra delantera contra la nariz de Rovel—. Te volviste contra tu propia especie. No puedo decir cómo se verá la galaxia cuando caiga el Coro, pero quizás, si nos ayudas a atravesar esta torre, podría haber un lugar en ella para ti.

El acceso del traidor podría no durar mucho una vez que cualquier Amigga que controle tales cosas se dé cuenta de que Rovel ya no está de su lado, pero incluso si las garras del Oratus logran subir a los luchadores unos niveles más, entonces vale la pena el intento.

—No quería hacerlo —intenta Rovel de nuevo mientras el contador en el panel disminuye—. ¿Ves estos muñones? Me los quemaron. Uno por uno. Allocite me obligó a luchar, me hizo intentar destruir sus pruebas.

—Fallaste.

Es la verdad, y es devastadora. Rovel se aleja de Sax, vuelve a la pared y se sienta, mirando malhumorado hacia su compañero Oratus. Por su parte, Sax está perfectamente bien cortando la conversación. Las apuestas están hechas, el trato está cerrado, y ya no hay razón para sufrir la conversación de alguien tan perdido como Rovel. Tal vez Evva pueda redimir al viejo, si se molesta en intentarlo.

El ascensor suena un momento después, llega vacío, y Sax lanza una última mirada dura a Rovel. Una mirada que debería perseguir las pesadillas del Oratus. Un precio más que pagar, y lejos de ser suficiente.

Un cobarde.

Sax moriría mil veces primero.

A PESAR de estar armada y preparada para cualquier cosa, mi agresividad nerviosa, intensificada después de nuestra exitosa destrucción de la historia de mi propia especie, vacila cuando me enfrento a lo que está pegado en azul del Coro con bordes dorados en las tres paredes del ascensor y, una vez que se cierran, en las dos puertas:

SOLO INVESTIGACIÓN Y ARCHIVOS

Como para confirmar las palabras, el panel solo muestra diez niveles, cada uno más alto que el que acabamos de dejar. Sus etiquetas son lo suficientemente vagas como para resultar interesantes: un nivel indica *Planetas y Planetoides* mientras que otro menciona *Robótica y Recuperación Mecánica*. Sin embargo, ninguno parece que nos llevará hasta Bas y los otros combatientes.

—¿A dónde crees que deberíamos ir? —pregunto. Hay un breve silencio, y entonces los suaves golpeteos confirman mis sospechas: T'Oli tiene una opinión.

—Este es un ascensor dedicado, y asumo que la mayoría de los niveles tienen ascensores como este —dice el Ooblot

—. Dado que es probable que nos persigan, y que el Coro sabrá dónde estamos en el momento en que salgamos de este ascensor, sugiero que elijamos el nivel que suene más divertido.

—El charco tiene razón —dice Viera—. Vamos allí. —El Lunare señala al sexto nivel por encima del nuestro, titulado *Astronavegación y el Vincere*—. Pienso que, al menos, podemos echar un vistazo al tipo de armas contra las que nos enfrentaremos cuando el Vincere vaya tras la Tierra.

—Tú y yo sabemos que nos harán volar desde la órbita. —A pesar de todo, presiono el botón—. Si el Coro no muere aquí, los humanos probablemente estamos acabados.

—Puede que no responsabilicen al resto de tu especie por tus crímenes —dice T'Oli mientras el ascensor cobra vida, elevándonos—. La humanidad aún puede tener la oportunidad de esclavizarse a la voluntad del Coro.

—¿El Ooblot siempre es así? —pregunta Malo, y Viera y yo le damos nuestras afirmaciones exhaustas al mismo tiempo.

—Somos, siempre, quienes somos —responde T'Oli.

Las puertas del ascensor, afortunadamente, ponen fin a esa conversación con una suave apertura. Más allá de ellas hay un nivel que, al principio, parece similar al que acabamos de dejar. Abundan las terminales, y las proyecciones azules llenan la mayoría de los espacios en la habitación oscura. En lugar de paisajes, mundos y grabaciones, estas son imágenes flotantes de naves y flotas enteras. En el centro mismo, rodeado de terminales, y bajando por una ligera rampa hacia el espacio, gira lo que parece una cuadrícula de estrellas brillantes.

—¿Ven a alguien? —digo mientras salimos del ascensor.

Mis ojos no detectan nada, aunque algunas terminales

muestran cosas en proceso: una tiene una grabación de alguna batalla, otra muestra la transmisión continua del asalto de abajo. Un par de contenedores de papilla nutritiva están a medio comer sobre una pequeña mesa hecha del mismo material blanco que debería haber descendido al suelo después de su uso.

—Parece que fueron interrumpidos —dice Viera, avanzando por el centro conmigo.

—Por la evacuación. —Malo se desvía hacia la derecha, rodeando la imagen de una nave de tres puntas que gira lentamente y parece albergar a un solo piloto.

—O por nosotros —digo—. Si T'Oli tiene razón, todos vieron lo que estábamos haciendo allá abajo.

—¿Y eligieron no detenernos?

—Pueden tener otras prioridades —dice T'Oli desde mis hombros—. Un pequeño grupo de humanos, fácilmente derrotados, puede no valer la atención de los guardias en este momento.

Llego al centro y noto que la cuadrícula de estrellas no es solo una obra de arte sin nombre. En cambio, cada una de las esferas pulsantes tiene un nombre, y cuando extiendo mi mano para tocar la más cercana, destella y se eleva sobre las demás. Luego flota hacia el centro de la cuadrícula, antes de que, como un huevo abriéndose desde arriba, se separe y envíe innumerables pequeñas imágenes. Al principio no estoy segura de lo que estoy viendo, pero entonces la luz azul resuelve las manchas en pequeñas naves, muchas agrupadas. Como una formación.

—Flotas —digo cuando la palabra atraviesa mi mente asombrada—. Esto debe ser cada fuerza del Vincere en la galaxia.

Miro los nombres de nuevo, buscando uno en particular. No está lejos del que tomé al azar: Kolas. Toco la esfera de la flota del Oratus, y la que había abierto se retrae y vuelve a su lugar en la cuadrícula. Las naves de Kolas explotan en el espacio, y noto también que la palabra 'Aspicis' se encuentra sobre la mezcla de naves. Así que el Coro tiene el tamaño y la ubicación de sus flotas disponibles al instante para cualquiera de ellos. En Damantum, habría sido tan útil saber dónde estaban mis generales, qué hacían mis cazadores o quién seguía vivo después de una batalla lejana.

—Despierta, Emperatriz. —El tono de Viera es tenso—. Vienen hacia aquí.

Desde el ascensor detrás de nosotros, junto al que llegamos, emerge un grupo de seis Flaum con sus minadores enfundados y sus bocas abiertas. Lo cual, considerando que soy una especie clasificada parada en medio de docenas de naves flotantes, tiene algo de sentido.

—Hola —les digo mientras salen del ascensor. A mi derecha, Viera está agazapada detrás de las terminales, el área central hundida le da apenas suficiente cobertura. Malo ha encontrado un lugar para esconderse a mi izquierda. T'Oli se ha enrollado alrededor de mi pecho, pero sus tallos oculares están escondidos detrás de mi cabeza. En general, estamos bastante bien preparados para una emboscada—. ¿Puedo ayudarlos?

Un Flaum se siente lo suficientemente valiente para tomar la iniciativa y se coloca frente a sus amigos, acercándose a mí. Este tiene un pelaje marrón oscuro, salpicado con manchas blancas. Sería bonito si no fuera por el chaleco azul sobredimensionado del Chorus que cuelga sobre sus hombros. Aparentemente piensa que soy inofensiva porque ninguna de sus garras va hacia sus armas.

—¿Quién eres? —la voz del Flaum es áspera, aguda.

—Kaishi —digo. Si no saben quién soy, entonces mi nombre debe carecer de significado. Todo lo que busco ahora es llegar al ascensor por el que vinieron. Si podemos llegar allí sin que nos maten, bueno, lo tomaré—. Embajadora humana ante el Chorus.

El Flaum olfatea. Inclina la cabeza. —¿Humana?

Nuestra estimulante conversación se ve interrumpida antes de que pueda responder. A través de los omnipresentes intercomunicadores, una voz que reconozco por su monótona banalidad resuena alta y clara.

—¡Estos son los que les ordené encontrar! —el comando de Ferrolite nos rodea—. ¡Captúrenlos y tráiganlos a mi nave!

Todos los Flaum se sobresaltan, como marionetas con hilos, ante la orden de Ferrolite. El líder, el del pelaje manchado, es el único que no alcanza su minero. En cambio, sus ojos se agrandan al mirarme mientras su boca se abre para hacer la pregunta obvia: —¿Vendrás con nosotros?

Si vamos con esos Flaum y subimos a la nave de Ferrolite, estamos muertos. Tal como están las cosas, probablemente ya estemos muertos, pero prefiero morir luchando. Espero que Viera y Malo estén de acuerdo conmigo, porque están a punto de quedarse sin opciones.

—No —digo—. Tengo mejores cosas que hacer.

Por un segundo me pregunto si el Flaum va a preguntar «¿qué cosas?» pero Viera no le da tiempo a la criatura de responder. Se levanta desde detrás de la terminal y dispara con ambos mineros. Me sorprende ver rayos azules salir de las armas y me pregunto si Viera ha desarrollado una conciencia.

Siento a T'Oli formando su espada habitual en mi mano derecha. Cambio la barra con gancho a mi izquierda y doy un paso corriendo a través de las luces azules de la flota de Kolas hacia el Flaum.

Y no logro dar más de una zancada. Malo llega primero, justo cuando el Flaum saca un minero de su funda y me apunta. Mi guerrero golpea su barra metálica contra el Flaum, partiéndole la cabeza y enviando a la criatura al suelo. Detrás de él, las otras fuerzas peludas del Chorus se zambullen y se agachan detrás de las terminales, algunos devolviendo uno o dos disparos en nuestra dirección. El ascensor por el que vinieron también se cierra de golpe.

—Tenemos que salir de aquí —me susurra T'Oli—. Vendrán refuerzos.

—Ya me adelanté. —Por una vez, realmente lo hice. Ver a Malo derribar al Flaum me hace dar media vuelta, dirigiéndome al lado opuesto del nivel, donde otro par de ascensores brillan más allá de más terminales y representaciones flotantes de naves y estrellas—. ¡Vamos! ¡Al otro lado!

—¡Los cubriré! —grita Viera—. ¡Váyanse!

Ya estoy en movimiento. En el pasado, quizás me habría entrado pánico ante la idea de dejar atrás a Viera, pero ahora sé que lo importante es llegar a esos ascensores. Conseguir abrirlos. Luego encontraremos la manera de mantener a los Flaum alejados de la Lunare hasta que ella llegue hasta nosotros. Así que en su lugar corro y salto, me zambullo y me agacho hacia el lado más alejado mientras un número creciente de rayos azules destellan a mi alrededor. Los Flaum se están volviendo más valientes, pero están perdiendo la batalla de la precisión mientras me alejo más y más.

El ascensor de la izquierda es como el que tomamos para llegar aquí, cubierto con una advertencia de nivel dedicado, porque el Chorus valora lo suficiente a sus científicos como para tener dos ascensores dedicados. El ascensor de la derecha, sin embargo, es del mismo gris claro como el primero que tomamos. Golpeo el panel para llamar al ascensor, luego me agacho cuando un par de disparos impactan en la pared sobre mí. No estoy en el suelo más de un respiro antes de que Malo se deslice junto a mí.

—Lo logramos —dice, y noto que ha añadido el minero del Flaum a su máscara—. ¿Estás bien?

—Sigo respirando. ¿Viera?

—Sigue disparando.

Asiento hacia el ascensor. —Ya viene.

Malo se asoma rápidamente por la terminal, levanta el minero y dispara. Se escucha un chillido agudo en la oscuridad.

—¡Viera! —grita Malo—. ¡Ven ahora! ¡Te cubro!

—¡Fácil decirlo! —responde Viera.

Yo, sin un minero ni una buena manera de ver lo que está sucediendo, me siento con las piernas agrupadas, lista para saltar tan pronto como se abran las puertas del ascensor. Es frustrante no poder disparar, no poder blandir mi arma, pero supongo que ese es el trabajo de una Emperatriz; depender de aquellos en quienes confías para que tus planes tengan éxito.

El ascensor suena, el panel se vuelve verde. Malo todavía está mirando hacia Viera, todavía disparando en la oscuridad cuando las puertas se abren. Cuando veo algo que hace que mi salto, mi rápido intento de escape muera antes de empezar: un Oratus espejado.

Es más fácil verlo en la luz tenue aquí que en el blanco y rojo lavado de las cámaras del Chorus. Aquí, las escamas del Oratus no saben exactamente cómo reflejar los azules y negros, y como resultado hay un tono verdoso nebuloso en la criatura que me permite ver sus malvados dientes en todo su esplendor mientras su cabeza se gira hacia Malo y hacia mí.

—Kaishi —dice T'Oli—. No puedes vencer a esta criatura.

El Ooblot habla así porque, a pesar del miedo que me retuerce y me ata en nudos, me estoy poniendo de pie. Estoy pasando por delante de Malo, que recién se está dando cuenta de lo que ha venido a buscarnos, y estoy mirando a la bestia de frente.

—No le digas a una humana lo que no puede hacer —le murmuro al Ooblot. El Oratus saca su cuerpo gigante del ascensor, todos sus tres metros y más, y me mira desde arriba—. Dame mi espada, T'Oli. Voy a necesitarla.

El Ooblot, al menos, no hace preguntas cuando le doy una orden. Su ser cremoso, ahora manchado por los disparos recibidos y las cicatrices ganadas en nuestros viajes, me concede mi filo de navaja, extendiéndose desde mi mano medio metro. Afilada, mortal y completamente inadecuada para la tarea en cuestión.

—Ríndete, humana —sisea el Oratus espejado—. No puedes ganar. Tu especie no está diseñada para ello.

—Ya me estoy cansando de que insulten a mi especie. —Avanzo con mi izquierda, ataco con mi derecha y envío la punta de T'Oli hacia la mitad inferior del torso del Oratus.

Si hay una esperanza aquí dentro, es que todas las terminales crean espacios estrechos para una criatura tan grande como el Oratus. Le va a resultar difícil esquivar, saltar o hacer cualquier cosa con su cola. Así que el Oratus hace algo estúpido e intenta atrapar mi golpe. T'Oli hace un trabajo relámpago y se reforma mientras atacamos, cubriendo mi muñeca con su piel casi invencible y afinando su hoja hasta el punto de una aguja. La garra media izquierda del Oratus espejado se cierra sobre mi muñeca y sus garras resbalan sobre mi nueva armadura, permitiendo que mi golpe se deslice y logre una sólida estocada.

La única reacción cuando T'Oli obtiene una vista de punción del interior del Oratus es un gruñido sibilante, y entonces la garra delantera izquierda de la criatura me golpea contra la pared junto a los ascensores. Es un golpe fuerte de un brazo tan alto como yo, y reboto contra la pared y me desplomo en el suelo, solo para descubrir que T'Oli ya no está en mi mano derecha. Me empujo hacia atrás, tratando de despejar las telarañas de mi cabeza sacudida, y me pongo de pie. Me toma dos segundos hacer eso, lo cual es más tiempo del que debería tener.

Pero el Ooblot está salvando mi vida otra vez.

T'Oli fluye alrededor del Oratus espejado como el insecto más molesto que puedas imaginar. Su cuerpo Ooblot se desliza por las escamas del Oratus espejado, esquivando por poco las garras o los dientes de la criatura. T'Oli no solo está molestando al monstruo: puedo ver partes de su forma fluida transformándose en pequeños puntos que muerden y penetran las escamas del Oratus mientras se mueven.

—Tenemos que irnos, Kaishi —Malo está a mi lado, y me empuja hacia la puerta abierta del ascensor—. Ahora.

—¿No puedes dispararle?

—Lo intenté —responde Malo mientras nos movemos—. El disparo rebotó.

Tengo una letanía de otras ideas, pero las descarto cuando Malo me empuja dentro del ascensor. El Oratus espejado finalmente logra atrapar uno de los dos tallos oculares de T'Oli y arranca al Ooblot de su piel escamosa, luego lanza a mi amigo hacia el fondo del nivel. Esos ojos amarillo-verdosos del Oratus se vuelven hacia nosotros después, y golpeo el panel dentro del ascensor, ordenando que las puertas se cierren. Y mientras las garras delanteras del Oratus se lanzan hacia nosotros, el Meridia hace lo que necesitamos, y las puertas del ascensor se cierran.

Hay un breve sonido de garras contra metal, y luego el ascensor se aleja rápidamente. A qué nivel, no lo sé.

Pero mis amigos no estarán allí.

ESTRELLAS.

Miles. No, millones. Más.

El ascensor se abre a un nivel sin luz más brillante que cualquiera en el que Sax haya estado dentro del Meridia. A pesar de las paredes de tinta, el suelo acolchado negro y el techo oscuro y vacío, la galaxia que gira dentro de este espacio hace que sea fácil ver. Las estrellas centelleantes, las nebulosas en miniatura y el núcleo pulsante en el centro, sin embargo, hacen que entender sea mucho más difícil.

El panel del ascensor —la única concesión a la practicidad que Sax puede ver en el nivel— brilla en rojo, indicándole que su actual viaje secuestrado no irá más lejos. Así que Sax camina hacia el remolino estrellado. Con tres metros de altura, Sax está acostumbrado a mirar las cosas desde arriba, pero aquí está en medio de las luces. Desconocidas bolas de fuego azul y blanco danzan junto a sus ojos mientras nubes de púrpura y azul se deslizan dentro y a través de sus escamas, apareciendo en su otro lado como si Sax no significara nada en esta galaxia del tamaño de un nivel.

¿Qué es esto? La pregunta desgasta el impulso de Sax, haciendo a un lado el enfoque en el Rayo Prioritario con un sabor de la misma maravilla que Sax sintió en *Nova*, viendo estallar una estrella con Bas a su lado. En aquella estación, el objetivo había sido relajarse, maravillarse con lo que la naturaleza podía crear. Esto le afecta de la misma manera, y Sax casi cae bajo su hechizo giratorio antes de que una voz hable:

—Solis.

Con las palabras, entonadas en la voz antinatural de un Amigga, la galaxia congela su rotación. Luego, con el más leve temblor, las estrellas y nubes de gas se expanden alrededor de Sax, desvaneciéndose en las paredes negras de la habitación. El empuje no es uniforme: el centro de la galaxia se desliza hacia un lado y una estrella diferente, al principio solo el más leve resplandor, toma el centro del escenario. Acercándose.

El Oratus capta lo que está sucediendo y aparta la mirada del espectáculo. Mantiene los dos ascensores lejanos a la vista, con una rápida mirada detrás de él para asegurarse de que las sorpresas no estén usando la distracción como una oportunidad para reclamar a Sax como víctima. Pero no hay pitidos, ni puertas deslizándose. Nada más que Sax solo aquí con una voz y, ahora, su hogar.

—Estamos evacuando —habla de nuevo la voz y Sax la reconoce ahora. El Primer Presidente . Soy el único del Coro que queda aquí.

Solis, un mundo yermo y rocoso, gira frente a Sax, y la habitación misma se inunda con la luz amarilla de la estrella de su mundo natal, persistiendo en el borde mismo de la proyección. Mientras Solis gira, la cicatriz fértil y verde colocada allí por una especie empeñada en cultivar otra, aparece y desaparece de la vista. De las naves orbitando el planeta, no hay señal. No es una herramienta militar, entonces.

—¿Por qué te quedas? —sisea Sax al aire. Con los ascensores bloqueados, sus opciones son pocas, y si el Primer Presidente está dispuesto a hablar con él, entonces lo mínimo que Sax puede hacer es mantener la atención del Amigga y alejarla de Bas, Evva y el resto—. ¿No deberías haber sido el primero en marcharte?

—El Coro solo cambia en tiempos de crisis —dice el Primer Presidente—. He permitido que surgiera esta patética resistencia. La responsabilidad exige que sea yo quien se ocupe de su destrucción. Si fallo, el Coro elegirá un nuevo Primer Presidente, uno que guiará a los Vincere para hacer lo que yo no pude.

—Así que eres el único que no es un cobarde. —Sax acecha más cerca del planeta, mirando hacia abajo. Tratando, y logrando, distinguir aquellos arcos de roca desde donde cayó hace tanto tiempo.

El Primer Presidente logra reír, una serie discordante de pitidos que le recuerda a Sax una alarma rota. —Si huyera, sería ejecutado por abandonar mis deberes. Me quedo porque es mi única oportunidad de vida. Al igual que tú, luchando cuando deberías estar muerto.

—Si quieres matarme, tendrás que esforzarte más.

—No quiero matar a nadie. Al menos, no quería —dice el Primer Presidente. A Sax le resulta difícil de creer, pero el Primer Presidente arrastra el final de la frase en un suspiro, sugiriendo una verdad hecha imposible por la realidad—. Parte de dirigir una civilización es aceptar sus aspectos menos agradables. Aprender que no todos entenderán o estarán de acuerdo contigo, y que te odiarán por tus decisiones.

—Porque tus decisiones les hacen daño.

—Sí. Crear los Oratus *sí* lastimó a muchos de nosotros. Crearte a ti puede terminar siendo el fin de nuestra especie, si no podemos detener esa insurrección que está ocurriendo abajo. —Solis gira y desaparece, y la galaxia, o al menos parte de ella, reaparece.

Sax está de pie en medio de una colección de estrellas. El sistema de Solis flota a su derecha, mientras que una banda agrupada que incluye Aspicis domina el centro del nivel. Los planetas son demasiado pequeños para verlos, pero mientras Sax se enfoca en cualquiera de las estrellas, los nombres de los sistemas aparecen como niebla sobre los orbes rojos, azules, blancos y amarillos.

—Este es nuestro hogar —continúa el Primer Presidente—. Esta pequeña parte de la galaxia alberga la mayoría de nuestra vida inteligente. Sin el Coro, no existiría. Incluso si la tecnología espacial hubiera caído en manos de cada especie, se habrían destrozado entre sí en guerra sin nosotros.

—No puedes saber eso.

—Lo sabemos —el Primer Presidente pronuncia este edicto con la paciencia cansada de un comandante señalando lo obvio—. Lo hemos visto. Detenido la destrucción sin sentido tantas veces con los dulces regalos de nuestros milagros. Y después de que esa tecnología se volvió contra nosotros, destruimos a aquellos que se atrevieron y mantuvimos solo a los más simples. Solo las especies más seguras.

El tiempo es difícil de juzgar. Los Ciclos, con su longitud indeterminada, le dan a Sax poca idea de cuánto tiempo ha estado el Coro en el poder. El posible lapso hace vibrar su mente, le hace preguntarse cuán arrogantes son Evva y el resto por intentar algo que debe haberse intentado muchas veces antes. Si el Primer Presidente está diciendo la verdad, entonces el Coro ha visto muchas rebeliones peores, muchas batallas más difíciles.

Y aun así, Sax sigue aquí. Por las propias palabras del Primer Presidente, Evva está progresando. Así que algo debe haber cambiado. El Coro debe estar más débil. El Primer Presidente se mantiene en silencio. Satisfecho de dejar que Sax procese las implicaciones.

—Entonces nos crearon a nosotros —dice Sax mientras llega a la realización. Los Oratus son la diferencia esta vez. Una especie tan fuerte, tan letal que los Amigga necesitaban mantener el control sobre ellos para sobrevivir—. Nosotros somos el problema.

—Como las inteligencias artificiales que creamos antes que ustedes, la solución se ha vuelto a rebelar contra nosotros —confirma el Primer Presidente—. Todo lo que puedo esperar es que podamos derrotar a tus amigos aquí y reducir a tu especie a la irrelevancia antes de que vuelva a suceder.

La galaxia se aleja, expandiéndose hasta que las infinitas estrellas vuelven a arremolinarse alrededor de la habitación.

—¿Por qué me estás contando esto? —sisea Sax. Por mucho que quisiera mantener hablando al Primer Presidente, está fascinado. Ningún enemigo debería revelar sus objetivos a su oponente, a menos que la victoria, o la derrota, estuviera asegurada.

—Porque, Oratus, tienes una elección que hacer. Antes, te ofrecí la oportunidad de salvar a tus amigos. Ahora, te ofrezco la oportunidad de salvar a tu especie.

—Pero acabas de...

—Dije irrelevancia, no extinción. El Coro removerá a tu especie del Vincere. Se les darán mundos para controlar y, como los Vyphen, se les permitirá elegir sus propios destinos.

—No soy yo quien puede tomar esa decisión —¿un

Oratus de tres letras decidiendo el destino de su especie? Sax no cree que a Evva le gustaría eso.

—Tus amigos no me escucharán a mí. Podrían escucharte a ti —dice el Primer Presidente—. Acepta, y enviaré un ascensor a donde puedas reunirte con ellos. Discutan la oferta y decidan.

El ascensor en el que llegó Sax parpadea en verde y sus puertas se abren, invitando a un interior limpio y sin Flaum. Los dos guardias que Sax neutralizó deben haber sobrevivido. Se habrán levantado del suelo y arrastrado hasta donde sea que el Coro guarda a los guardias que pierden. Ellos eran...

Irrelevantes.

Esta lucha no es solo por la supervivencia. No se trata solo de derrocar a los Amigga del poder en un intento desesperado por evitar la eliminación, sino también de decir que merecen una oportunidad de forjar sus propios destinos. Vivir bajo el peso del Coro, sabiendo que su caridad trazaba los límites del papel de los Oratus en la galaxia, sería tan malo como un lento y progresivo descenso hacia la extinción.

Mejor usar las garras mientras las tenga. Mejor atacar al enemigo mientras pueda.

—Dudas —la voz sin tono surge a través de la galaxia, como si el cosmos mismo le hablara a Sax.

Detrás de esa voz no hay ningún dios. Detrás de esa voz hay una presa.

—Dile al ascensor que me lleve hasta ti —sisea Sax—. Entonces podemos comenzar una negociación que importe.

La respuesta llega con el golpe de las puertas del ascensor. El destello rojo en los paneles del ascensor mientras se bloquea, sellando a Sax en el nivel, atrapado entre las luces giratorias.

—Así que eres un cobarde, como todos los demás Amigga —dice Sax, merodeando por los bordes de la habitación. No sabe si el Primer Presidente siquiera está escuchando, pero se siente bien decirlo.

Sax prueba las paredes oscuras con sus garras, y aunque son suaves al primer contacto —una superficie más apta para captar la luz de la proyección sin reflejarla en un cegador vaivén— debajo están los mismos metales duros que Sax esperaría encontrar en una nave Vincere. Con tiempo, Sax podría abrirse paso. En ese mismo tiempo, Bas, Evva y los demás estarían todos muertos.

El centro de la galaxia es la parte más brillante, un denso cúmulo de estrellas de múltiples colores pulsando. Sax se dirige hacia allí después, observa las luces. Toca la forma con una garra, y cuando no reacciona, Sax tiene que contenerse de dejarse llevar por divagaciones filosóficas. Tal vez sea por estar aquí, en el centro del poder de la civilización, o porque ha estado solo y al borde de la muerte tantas veces, pero Sax sigue derivando hacia el tipo de ideas que un Oratus no debería tener.

El propósito, para un arma viviente, no debería ser difícil de definir.

El timbre de otro ascensor llegando mata las reflexiones, permitiendo a Sax girarse y prepararse para cualquier sorpresa que el Primer Presidente le haya enviado.

Sax nunca ha visto a un solo enemigo más de dos veces. O están muertos o, bueno, muertos después del segundo encuentro con las fauces mordientes o las garras afiladas de Sax. Así que cuando Kah sale del ascensor con su característico repiqueteo, seguido por un segundo Oratus espejado, sus escamas reflectantes haciendo la danzante galaxia aún más hipnótica, Sax le da a Kah una sonrisa iluminada por las estrellas.

Hora de corregir este error.

—¿Incluso después de todo lo que te está ofreciendo el Primer Presidente, no hay ningún pensamiento de rendición? —pregunta Kah mientras se mueve hacia un lado de la galaxia mientras el otro Oratus se dirige al lado opuesto, atrapando a Sax en el medio.

—¿Para que puedas usarme contra mi propia pareja? —sisea Sax—. Esas no son tácticas de Oratus, Kah. Tú lo sabes mejor.

—Sé que eres demasiado terco para entender lo que es correcto —responde Kah.

El Oratus tiene muchas cicatrices de su último enfrentamiento en el nivel de transmisión, y la manera en que Kah se apoya sobre sus garras traseras, manteniendo sus garras delanteras y medias en alto, deja claro que no tiene ningún deseo de enredarse con Sax.

Sax está a punto de contraatacar, pero se detiene. Los dos Oratus espejados aún no lo han atacado, y no están respaldados por lo que debería ser una cantidad aplastante de Flaum armados. Luego está el Primer Presidente, gastando tiempo hablando con Sax, tratando de hacer que el Oratus cambie de opinión.

—¿Dos de ustedes? —dice Sax en su lugar—. ¿Dos de ustedes? En toda la Meridia, ¿eso es lo que envían contra un enemigo tan arriba en su torre invencible?

Kah emite un gruñido bajo, mueve su cola por el suelo mientras las estrellas y nebulosas pasan a través de él. La piel reflectante espeja esas chispas flotantes, haciendo que Kah parezca menos invisible y más una curva distorsionada en el remolino de este universo en miniatura.

—En momentos, el Vincere descenderá desde arriba y hará pedazos a tu pareja y tu Resistencia —dice Kah—. Podrías salvarlos. Decirles que se rindan.

—¿Así que destruirías la Meridia para salvar... qué, exactamente? ¿Los Amigga que ya han escapado?

Faroleos. Bravuconadas y amenazas. Es difícil creer que Sax pensara que el Coro era un elemento fuerte e inmortal durante tanto tiempo cuando la ilusión de su poder es tan clara ahora. Todas estas especies bajo su control porque la idea de rebelarse parecía tan imposible, pero cuando realmente los estás combatiendo...

Resulta que el Coro no es tan duro.

Kah está abriendo esa boca, inhalando con esos conductos, cuando Sax hace su movimiento. Salta a través del núcleo ardiente de la galaxia hacia el Oratus espejado. De pie, erguido y listo, Kah habría podido enfrentar el salto de Sax con cualquier número de contraataques. Sin embargo, al estar a medio respirar, Kah hace una torpe y tropezante retirada hacia los bordes exteriores de la galaxia, lanzando sus garras hacia arriba para desviar la carga cortante de Sax.

Sax presiona el ataque durante dos segundos. Lo suficiente para que cada una de sus cuatro garras consiga un solo arañazo, luego usa su impulso para presionar más allá de Kah, girando a la derecha y serpenteando su cola arriba y sobre los hombros del tambaleante Kah. Con un chasquido, Sax empuja a Kah hacia adelante, justo donde Sax estaba y justo donde el otro Oratus espejado, arremetiendo desde atrás a través de las cegadoras nubes de brillantez interestelar, se zambulle.

Los Oratus Espejados dependen de sus escamas sigilosas para desequilibrar a sus oponentes, hacer que los disparos fallen y que los sistemas de seguridad no detecten su presencia. Como todos son sirvientes de élite del Coro, Sax supone que no han pasado mucho tiempo entrenando entre ellos, aprendiendo a reconocer sus propios destellos reveladores al atacar.

La hipótesis resulta cierta cuando Kah se enfrenta a los golpes cortantes y las mordidas feroces de su supuesto aliado, una ráfaga de ataques que atraviesa la ya desmoronada defensa de Kah y reabre numerosas heridas antiguas.

Y cuando el Oratus Espejado se da cuenta de su error, Kah ya se está tambaleando y Sax realiza su propio salto de ataque. Las dos garras de Sax se clavan en el torso del Oratus Espejado, mordiendo su pecho y espalda, dándole a Sax el momento que necesita para hacer un trabajo letal con sus fauces en la cabeza expuesta del enemigo.

El cuerpo cae al suelo, y Sax desciende con él, manteniendo la mirada fija en Kah durante todo el proceso. El Oratus Espejado mira lo que queda de su compañero y deja escapar un largo suspiro por sus conductos.

—No tienes que hacerlo —ofrece Sax, aunque, con la sed de sangre pulsando en su interior, no le importaría si Kah decide caer luchando—. Ellos no te controlan.

—No —sisea Kah—. No lo hacen.

Hay vulnerabilidad en esas palabras. Una apertura para uno de los ataques verbales de Bas. Un método de ataque que Sax habría despreciado no hace mucho, pero que ahora tiene cada vez más sentido.

—Mira lo que nos rodea —dice Sax, señalando con sus garras las infinitas estrellas—. ¿Quieres renunciar a la oportunidad de ver todo esto solo porque un Amigga te lo ordenó?

Kah suelta una risa sombría, pasa sus garras por sus nuevas heridas, como intentando comprobar si son tan largas y sangrantes como las siente. —Si pierdes, entonces el Coro me matará y no veré nada de esto.

—¿Crees que perderemos? ¿Después de esto?

—No estaba mintiendo —dice Kah—. Hemos estado arreando a tus amigos. Pronto se encontrarán sellados en un par de niveles. El Vincere golpeará esos dos con explosiones antipersonales dirigidas. Todos morirán, y la torre sobrevivirá.

Solo hay una razón por la que Kah le diría esto a Sax: el Oratus Espejado no quiere que pierdan. O quizás Kah solo quiere que Sax se concentre en otra cosa para lanzar un ataque sorpresa, pero dado que Kah permanece inmóvil, herido y sin hacer nada con esas garras, sugiere lo primero.

—¿Cómo puedo detenerlos? —dice Sax.

—No puedes —responde Kah—. Solo la Primera Silla podría ordenar a Nalucite que abandone el plan, y eso no sucederá.

Sax no conoce el nombre, pero ahora tiene un nuevo objetivo. No servirá de nada llegar al Rayo Prioritario y enviar un mensaje si Evva y los demás son reducidos a cenizas carbonizadas flotando en el cielo de Aspicis.

—Entonces ayúdame a encontrar a este Nalucite —dice Sax.

Kah ya se está moviendo mientras Sax pronuncia las palabras. Caminando lenta y largamente más allá de Sax hacia esos ascensores bloqueados. —Nalucite es el Meridia, Sax. Hay otros Amigga que ayudan, que mantienen el control de sistemas aislados, pero ¿este? No será fácil.

—Porque hasta ahora ha sido fácil. —Sax sigue a Kah hasta los ascensores y observa mientras el Oratus Espejado coloca una garra delantera en el panel del ascensor, que se torna de ese hermoso tono verde hierba.

Sin embargo, cuando las puertas del ascensor se abren, Kah no se mueve hacia ellas. Sax le da un respiro al Oratus Espejado, pero cuando Kah solo lo mira fijamente, Sax capta la indirecta y entra solo.

—Dile que te lleve al nivel cero —dice Kah—. Ahí es donde lo encontrarás.

—¿No vienes?

—Me acabas de ofrecer libertad —responde Kah—. Voy a aceptar tu oferta y salir de aquí antes de que alguien decida que estoy mejor muerto.

Sax apenas logra asentir antes de que las puertas del ascensor se cierren. El ascensor permanece quieto, esperando que Sax le dé una orden. Nivel cero. Eso suena como si fuera hasta el fondo. Una caída larga y empinada, y en dirección opuesta al Rayo Prioritario.

—Cero —dice Sax la palabra.

Cualquier cosa por Bas.

EL REGRESO

SE HAN IDO. Después de jurar que no abandonaría a otro amigo, con el cierre de esas puertas del ascensor he dejado atrás a dos. Viera y T'Oli, abandonados en un nivel lleno de enemigos. Los dientes relucientes de ese Oratus espejado, gruñendo hacia nosotros en la luz azul oscura, me persiguen durante todo el viaje en el ascensor que, afortunadamente, es lo suficientemente corto como para que Malo me diga solo tres veces que los encontraremos.

—Los encontraremos —insiste Malo de nuevo cuando se abren las puertas del ascensor—. Te lo juro.

No respondo, porque la parte de mí que piensa en el Ooblot y el Lunare está entumecida y no quiere procesar nada más que las primeras etapas del duelo. Así que, cuando mis ojos captan el aterrador espectáculo frente a nosotros, agradezco la distracción. El miedo es mejor que la pérdida, la curiosidad mejor que la tristeza.

Las filas de tubos del suelo al techo en este nivel traen bastante miedo mientras brillan, iluminándose con el mismo esquema de iluminación zafiro que prefiere esta sección de la Meridia. Las luces están, esta vez, implantadas en la parte superior de los tubos, y el líquido dentro de cada uno se mueve mientras alguna corriente circulante mantiene las cosas animadas. El efecto hace que todo el nivel parezca estar bajo el agua, las sombras jugando en el bosque de cristal mientras camino dentro. Malo viene detrás, con su barra de metal levantada y lista.

—Reconozco este lugar —digo principalmente para mí misma. He visto cosas similares en Vimelia, en *Cobalt*. Estos tubos no están vacíos: especies medio formadas flotan en cada uno de ellos, algunas parecidas a los Flaum, mientras que otras se asemejan a rocas musgosas o masas de zarcillos sin forma definida.

—¿Has estado aquí? —responde Malo de todos modos.

—No, exactamente no —replico, continuando hacia adelante. En la base de cada tubo hay una pequeña terminal que muestra una lectura simple que realmente entiendo: temperatura, pulso, el tipo de términos médicos rudimentarios que incluso habíamos definido en Damantum—. El Cache me mostró una vez una nave entera llena de estos. Una nave Sevora. Estaban cultivando nuevos huéspedes.

—¿Por qué tendría el Coro esto, entonces?

—Por la misma razón. —Me dirijo a una terminal frente a un Flaum silencioso como una piedra que se ve más o menos normal, aunque sumergido en agua. Más allá de los signos vitales, paso el dedo por gráficos y diagramas, por nombres en clave y ecuaciones que no entiendo . Solo que en lugar de entregarlos a parásitos, creo que estos son para experimentos.

Malo me mira y puedo ver el asco en sus ojos. —Kaishi, ¿por qué elegiste este nivel?

Los ascensores que puedo ver, un banco doble similar a cada lado, tienen paneles que brillan en un rojo intenso. No necesito acercarme para saber que estarán bloqueados, manteniéndonos en este nivel. Así que me apoyo contra el tubo del Flaum, con las manos a los costados.

—No lo elegí —digo—. El ascensor se detuvo aquí por sí solo.

—Pero, ¿por qué?

—Malo, ¿qué importa por qué? —Quiero estar frustrada, enojada. Desesperada y furiosa a la vez. Quiero estar en uno de estos tubos también, sin vida y flotando, viendo pasar los eones sin una sola preocupación—. Uno del Coro lo hizo. O tal vez el ascensor ya iba hacia aquí. Tienen a Viera y T'Oli, y vendrán por nosotros también. Se acabó. Todo terminó.

Incluso al dejar Vimelia aquella primera vez, con Malo perdido y fuera de alcance, no me sentía tan perdida. Ni siquiera en *Cobalt*, mientras el Amigga me pinchaba y desgarraba. O en la Tierra, mientras los Sevora lanzaban ataque tras ataque y cada humano en Marilo sabía que solo era cuestión de días hasta que muriéramos. No puedo encontrar un punto de apoyo aquí, no en esta torre con todos sus horrores. No ahora.

Pero Malo, mi verdadero amigo, hace su mejor esfuerzo. Recoge mi tristeza y me la devuelve, poniendo sus brazos sobre mis hombros y luego rodeándolos. Tal vez espera que llore aquí, pero no puedo hacerlo. Esto está demasiado lejos del duelo ahora; no solo estamos atrapados, sino que nunca terminé el juramento. Tan pronto como el Coro se ocupe de la pequeña insurrección de Bas, llevarán mis crímenes de vuelta a la Tierra y entregarán el castigo a mi gente, a Avril y todos los demás que dependen de nosotros para su seguridad. Esperando los milagros que les prometimos.

—No podemos rendirnos, Kaishi —intenta hablar Malo—. No te rendiste conmigo. Volviste.

Sacudo la cabeza contra su piel y observo las luces azules jugando en la pared lejana, tratando de no ver lo que hay en los tubos que la bordean. —Malo, sí nos rendimos. Estábamos seguros de que estabas muerto. La única razón por la que vinimos a Vimelia fue porque Lan y Kolas nos trajeron aquí.

Malo se queda en silencio, y por un segundo me pregunto si me va a soltar, dejarme caer aquí y ahora. En cambio, Malo me abraza más fuerte. —Pero cuando lo supiste, cuando tuviste la opción, arriesgaste todo por mí. Esto no es diferente. Los recuperaremos.

Hay muchas diferencias, y abro la boca, con un calor de ira elevándose para explicarle a Malo lo diferente que es lanzar una misión de rescate con un par de Oratus, abundantes armas y el respaldo de toda una flota Vincere en comparación con un par de humanos perdidos atrapados en una torre llena de enemigos omniscientes.

Sin embargo, no digo ni una palabra.

Porque algo más habla en su lugar.

—¿Por qué no unirse a ellos? —La voz de Ferrolite, como lo hizo en el otro nivel, hace eco alrededor de los tubos. Divertida, teñida de estática y reverberando en el cristal, las palabras del Amigga contribuyen a la naturaleza etérea del lugar. De mi actual estado mental.

—No vas a matarla —dice Malo, alejándose de mí, levantando la barra y buscando al Amigga.

—Por supuesto que no —responde Ferrolite—. Eso solo dañaría mi reputación. Los traje a ustedes, humanos, aquí para vincularse con el Coro, y eso sucederá. Sus amigos están vivos, y los están esperando.

Estoy demasiado cansada, demasiado alterada por las luchas del día para jugar juegos de palabras con el Amigga, así que miro fijamente al techo esperando que la criatura pueda ver mi rostro. —No.

Eso es todo. Es lo único que le voy a decir a esa cosa. Sin

embargo, Ferrolite me sacó de ese manto negro que amenazaba con asfixiarme allí en ese nivel. Su frío razonamiento aparta el sudario, y lo reemplazo con una determinación fatalista: si vamos a perder, bien podríamos darlo todo. Así que le hago un gesto afirmativo a Malo.

—¿Estás lista? —me pregunta Malo.

—Estoy lista.

—¿Lista para qué? —dice Ferrolite—. ¿No van a salvar a sus amigos?

Regresamos al ascensor por el que llegamos, el plateado que supuestamente puede recorrer la mayor parte de la Meridia. El panel rojo sigue allí, todavía bloqueado. Intento tocarlo, pero no hay respuesta. Malo trabaja con su barra en las puertas del ascensor, pero no consigue más que algunos rasguños en la superficie lisa.

—Tienen dos opciones, humanos —dice Ferrolite mientras intento un método más contundente, golpeando mi barra sin efecto—. O aceptan mi oferta, o se pudren aquí hasta que alguien se preocupe lo suficiente para enviar guardias a acabar con ustedes.

—No creo que podamos atravesar esto —me dice Malo—. Al menos, no con la fuerza.

—Entonces busquemos alrededor —respondo—. Debe haber alguna salida.

Así que comenzamos la búsqueda. Examino las terminales, presiono botones en las que puedo encontrar, e incluso hago una breve incursión en el Cache solo para descubrir que la Meridia existe como nada más que una vaga noción. Los Sevora, aparentemente, nunca lograron infiltrar un espía aquí. Debería haber cambiado mi Cache por uno nuevo en la nave de Kolas, pero entonces, mirando el brazalete verde esmeralda profundo, estaría dejando atrás una parte de todo este viaje.

Los niveles de Meridia no son pequeños, cada uno es solo un poco más pequeño que una sección en una nave semilla Sevora, o casi del tamaño de mi propia aldea. Aun así, se vuelve bastante claro rápidamente que no vamos a encontrar una salida. Todas las terminales están aseguradas o son confusas, los cuatro ascensores se niegan a abrir, y más allá del bosque de tubos, no hay una sola respuesta para nuestro problema. Excepto la que Ferrolite constantemente empuja en nuestros oídos.

—¡No tienen otra opción! —declara Ferrolite, y me está impresionando la inmensa cantidad de formas en que ha exigido que lo escuchemos.

—¿Por qué te importa? —digo—. ¿Es tan importante tu reputación?

—¡Es todo lo que tenemos! Los miembros del Coro son clasificados por sus contribuciones a la especie Amigga, así que necesito esto. Necesito su juramento. Y ustedes también lo necesitan, humanos. Su especie necesita nuestra protección, nuestra tecnología. —El tono de Ferrolite no cambia, no exactamente, pero sus tácticas cambian de todos modos—. ¿No están cansados de esto? Todas estas cosas extrañas, estas peleas, esta destrucción. Ya han limpiado su pasado de sus orígenes indeseados. Tomen su victoria y vuelvan a casa.

Malo me mira a los ojos y sí parece cansado. Estoy segura de que yo tampoco soy un regalo para la vista, cubierta de sudor por correr a través de esta estación, cansada y adolorida. El pensamiento de despertar con una fresca brisa oceánica, viendo a Ignos —me niego a combinar ese terrible Amigga, ese terrible Sevora, con el dios de mi tribu— elevarse sobre el horizonte... tal vez vale la pena decir sí una vez más. Acabo de estar en la desesperación más profunda que he sentido jamás, y aquí hay una cuerda para salir de ella.

—¿Nos dejarás ir? ¿Sin daño? —pregunto.

—Sí. No sería correcto asesinar a una Embajadora. Incluso sus, eh, aventuras pueden ser excusadas como las de una especie primitiva asustada por este molesto ataque insurgente —Ferrolite ahora arrulla, al menos tanto como su voz sintética se lo permite—. Una simple grabación. Podemos prescindir de la ceremonia ya que el Coro ha abandonado mayormente la Meridia. Incluso tendré una lanzadera esperando para sacarlos de aquí tan pronto como terminemos.

Malo me observa. Esperando. Las opiniones se ocultan detrás de ese rostro inexpresivo pero está jugando al soldado otra vez, esperando que su comandante diga primero lo que piensa.

—Entonces dinos a dónde ir, Ferrolite. Lo haré.

El Amigga no responde con palabras. En su lugar, nuestro ascensor elegido se ilumina, y esas puertas se abren. Esperándonos.

—Nos matará cuando hayas terminado —susurra Malo mientras empezamos a movernos hacia el ascensor—. Sabes que es una trampa.

La antigua yo podría haber discutido con Malo entonces, podría haber dicho algo sobre cómo Ferrolite acababa de darnos todas las razones por las que no haría eso. En cambio, estoy de acuerdo. —Probablemente tengas razón, pero ¿qué opción tenemos? —Señalo los tubos que nos rodean—. ¿Ves lo que están haciendo aquí? ¿Creando más especies?

—¿Y?

—No importa lo que hagamos —continúo—. Ya sea que salgamos de aquí o no, el Coro seguirá adelante hasta que esos familiares que vimos en el *Cobalt* o algo como ellos suplante a todas las demás especies. Bien podríamos tratar de disfrutar el tiempo que nos queda hasta que eso suceda.

Malo se ríe. Es una risa peculiar, despiadada, negando con la cabeza, pero una risa al fin y al cabo. —Kaishi, ¿qué crees que hemos estado haciendo? ¿Todo este tiempo en esta torre?

—¿Qué?

—¡Esto es lo que somos! Desde que te conocí, ha sido una aventura tras otra. Casi hemos muerto una docena de veces, deberíamos haber muerto una docena más. Estamos golpeados, magullados, pero seguimos aquí. —Malo me señala con el dedo—. En el momento en que salimos del peligro, estás ansiosa por lanzarnos de vuelta. Veo tus ojos, escucho tus gritos cuando estamos en lo peor. Eres una soldado, Kaishi. Una reina guerrera, una cazadora con lanza de los Solare.

Es el discurso más largo que he escuchado dar a Malo. Más aún, está hablando en su propio idioma, las palabras de Damantum, los Charre. Las palabras que ningún Amigga puede entender, una creación totalmente humana.

Eso me da una idea.

—¿Entonces estás diciendo que deberíamos continuar con esto? —respondo cuando Malo hace una pausa en su desfile de nombres—. ¿Que si vamos a caer en la trampa de Ferrolite, es porque eso es lo que somos?

—Estoy diciendo que somos luchadores, Kaishi. Recuperaremos a Viera y a esa cosa extraña, T'Oli. Luego, derribaremos todo este lugar.

Ahora es mi turno de reír. —Malo, has perdido la cabeza. Pero creo que me gusta este nuevo tú.

—Disfrútalo mientras dure.

Lo haré, porque mientras las puertas del ascensor se cierran detrás de nosotros, estoy segura de que no duraremos mucho.

CAPÍTULO 18

MERIDIA

LAS CAÍDAS de velocidad y alcance imposibles no son nada nuevo para Sax; cualquier asalto podría requerir la inserción en picada del Oratus y su equipo en condiciones que van desde adversas hasta apocalípticas. A lo que no está acostumbrado, lo que hace que su estómago se sienta como una pluma flotante mientras el ascensor desciende, es la soledad. Fuera de estas cuatro paredes hay una misión en curso; su compañera lucha por su vida, por su galaxia, y Sax no sabe cuándo pasa como un cohete por su nivel en lo que podría ser el único ascensor completo de Meridia, pero siente la separación de igual manera.

Y la devora. La destierra al torbellino de otras sensaciones mientras Aspicis ejerce una atracción más fuerte sobre su cuerpo descendente. Desde los bordes exteriores de la atmósfera hasta, pronto, el suelo bajo la superficie. El ascensor está presurizado, sus puertas sellándose más herméticamente mientras las implicaciones de la orden de Sax se transmiten a través de los sistemas del ascensor y se refinan en un conjunto estricto de acciones destinadas a asegurar que Sax no reviente como un globo demasiado lleno mientras comienza su viaje.

Eso no significa que Sax no sienta nada. No significa que no sea distintamente consciente de que sus garras descansan con más fuerza en el suelo, o de los vagos restos de papilla nutritiva buscando una salida por su garganta.

Lo mantiene bajo control.

Finalmente el ascensor se asienta en su lugar y un tono suave anuncia que han llegado al nivel cero. Sax está bastante seguro de que está bajo tierra. El ascensor comienza una ruidosa descompresión vaporosa que hace que los pequeños orificios auditivos de Sax se destapen mientras el aire más denso inunda el interior a través de las puertas que se aflojan. La descompresión toma tiempo, pero esto es algo que Sax no quiere apresurar: ha visto lo que sucede cuando rompes la presión en una nave.

Es la única vez que ha sentido lástima por la tripulación Flaum ordenada a limpiar el desastre.

Cuando las puertas se abren, el ascensor ladra una orden brusca para que Sax salga: —Hay otros solicitando servicio. Por favor, salga.

El Coro. Siempre dispuesto a sacrificar la cortesía por la eficiencia. Esta vez, sin embargo, Sax está de acuerdo; no hay razón para esperar más en ese ascensor. No cuando puede salir a un espacio único dentro de Meridia.

Ninguna de las paredes de acero o los austeros suelos industrializados se presentan ante Sax mientras sale del ascensor. El Nivel Cero comienza con una entrada cavernosa, una que deja claro que esto no es solo otra parte de la torre. Sax ve una exhibición de formaciones rocosas brillantes; varios negros, marrones profundos y amarillos. Las piedras están pulidas y refinadas, sobresaliendo hacia arriba y abajo desde el suelo y el techo, o agrupadas en pilas tan construidas como para dejar claro que sus orígenes están en el esquema de un planificador y no en procesos naturales. Los destellos brillan por todas partes, y al principio Sax piensa que los centelleos son un toque decorativo, pero una inspección cercana de un peñasco dentado color mostaza a su derecha deja claro que esos bits son circuitos. Transistores. El interior de una máquina.

Si enfrentar este lugar extraño le diera a Sax el impulso de huir, el ascensor no le da tiempo para actuar. Tan pronto como la cola de Sax abandona los confines del cubo viajero, sus puertas se cierran de golpe y el ascensor desaparece. El sonido atrae la mirada de Sax hacia el transporte y nota que no hay panel aquí. No hay forma que pueda ver de llamar al ascensor de vuelta.

Lo que significa que está atrapado. Kah, o tal vez el Primer Presidente, lo engañó. Lo envió aquí abajo donde Sax no podría hacer nada. La realización se filtra a través de los nervios de Sax, madurando en una fina ira ardiente. Una que descarga contra esa misma piedra mostaza. El primer golpe con una garra delantera atraviesa el amarillo como papel fino, y el segundo, su garra media izquierda siguiendo con puntas afiladas cortando, produce chispas y humo y... algo más.

Caliente, rojo.

¿Sangre?

Sax mira fijamente la piedra, lo que está filtrándose de su corte y drenando al suelo alrededor de sus garras.

—¿Has terminado? —dice la voz saltarina de una Flaum hembra.

Sax se gira y ve una Flaum de pelaje dorado —demasiado dorado para ser natural— de pie, con las patas juntas, frente a una de las tres salidas ahuecadas y arqueadas de la cámara de entrada. Sus ojos, que deberían ser negros y brillantes, miran a Sax como jade destellante, y le toma un momento al Oratus darse cuenta de que sus pupilas están rodeadas por implantes brillantes. Ese descubrimiento lleva a Sax a una inspección más cercana, y distingue, anidadas en el pelaje de la Flaum, muchas más baratijas asomándose entre esos hilos rubios.

—¿Una Flaum ordinaria? ¿A esta profundidad en Meridia? —habla de nuevo la Flaum—. Incluso un Oratus ignorante como tú debería saber más. Tu especie es más inteligente que esto.

Sax no sabe de qué está hablando la Flaum, así que apuesta por sus dos fortalezas: garras y amenazas.

—Necesito asegurarme de que mi compañera no esté atrapada —sisea Sax, derramando toda la amenaza que puede en las palabras—. Me vas a ayudar, o te despedazaré aquí mismo.

—¿Y entonces qué? —responde la Flaum—. ¿Te beberás la sangre? Oratus, yo te permití llegar hasta aquí, y no lo hice para que me amenazaras.

Sax inclina la cabeza. Parpadea. ¿La Flaum le *permitió* a Sax?

En lugar de explicar, la Flaum adivina la pregunta de Sax, se da la vuelta y camina a través de la cueva de tonos terrosos creada por el Coro. Sax echa una última mirada al amarillo rasgado, a la carne rojo-marrón visible y herida que se entreteje entre los circuitos de cobre y plata. Los cables sobresalen y desaparecen, y todo parece pulsar al ritmo de algún corazón lejano. Las ideas vienen y van mientras Sax sigue a la Flaum, todas convergiendo en una única sospecha.

Siguiendo a la Flaum, Sax entra en una sala inmensa,

cuya base se extiende más profundamente en una cuenca artificial. La misma colección de rocas se agrupa en el espacio, elevándose unas sobre otras y colgando desde arriba como brillantes lanzas. En el centro, descansando en una cuna dorada elevada, está esa sospecha.

El Amigga es masivo. Fácilmente tan alto como Sax y aún más ancho. Su piel está cubierta de arrugas, y un par de otros Flaum trepan sobre él mientras Sax observa a la criatura, cada uno aplicando ungüentos o desprendiendo partes ennegrecidas y muertas de su carne. A diferencia de otros Amigga que Sax ha visto en este estado, este no ha extendido sus tentáculos por todas partes, sino que parece canalizarlos a través de su masivo pedestal. La roca que Sax cortó cerca de los ascensores, ¿la pieza pulsante? Todo regresa aquí.

Pero ¿ser tan grande? ¿Haber hecho crecer su cuerpo real a través de tanto espacio? Sax no puede comprender cuán viejo debe ser este Amigga. Dalachite, en el *Cobalt*, había vivido ciclos y solo logró unos metros de crecimiento; delgados tentáculos conectados a terminales para darle control de su estación. Este, este...

—Lo suficientemente viejo —dice la Flaum dorada junto a Sax—. Los números pierden sentido cuando has vivido tanto tiempo. El conocimiento, la sabiduría. Esos son mejores indicadores de la experiencia.

—Si eres tan viejo y sabio, ¿por qué me trajiste aquí? —pregunta Sax—. ¿Qué puede decirte un Oratus que no sepas ya?

Los adornos en la Flaum dorada muestran ahora su propósito. Los Amigga son expertos en torcer mentes, pero el control directo requiere cierta ayuda. Dalachite lo aprendió por las malas cuando Coorvin se liberó de su influencia en el *Cobalt*. Este no está tomando riesgos: la

Flaum dorada está tan conectada al Amigga como cualquier huésped Sevora.

—No es lo que puedas decirme lo que importa, sino lo que puedes *hacer* por mí. —El gran Amigga en el centro, con ese par de Flaums limpiándolo, tiembla—. Como todos los Amigga, dependo de otros para mi propia supervivencia. Un error que cometimos hace ciclos, cuando creíamos que lo que los Sevora podían hacer sería fácil de transferir. Resulta que sin control directo, un sujeto impone su propia voluntad bastante rápido. —La Flaum dorada mantiene sus garras juntas mientras habla por su maestro, sus ojos verdes fijos en Sax—. Sin embargo, estos Flaum no me sobrevivirán. Necesitaré ayuda, eventualmente. Ayuda que ya no creo que el Coro proporcionará.

—¿Ya no crees en el Coro?

—Son un montón de niños peleándose. Han visto tan poco y creen que saben tanto —continúa el Amigga—. Yo, por otro lado, he presenciado el nacimiento de la verdadera civilización. He ayudado a que crezca a través de muchas pruebas. No quisiera verla morir porque un grupo de Amigga cree que son mejores que cualquier otra cosa en nuestra galaxia.

—Quieres que sobrevivamos y ganemos —dice Sax.

—Sí. Quiero que trabajes conmigo. Necesitarás mi ayuda, y tengo mucho que ofrecer. No menos importante, el control del Meridia. Ya he demostrado mi lado: tus fuerzas avanzan con mi ayuda, y tu pequeña fuerza de ataque de humanos ha podido usar los ascensores con mi ayuda también.

—¿Humanos? —Sax no entiende.

—Sí. Tres de ellos. Merodeando por los niveles superiores. Asumí, como parecen ser enemigos del Coro, que pertenecían a tu bando.

Aliados inesperados, quienesquiera que sean, deberían ser aprovechados. Así que Sax fortalece su mirada y ofrece un asentimiento de conformidad.

—¿Entonces aceptarás nuestro trato? ¿Me ayudarás a sobrevivir?

La idea de ceder cualquier poder al Amigga hace que Sax apriete sus garras. Están luchando para liberarse del control de los Amigga, no simplemente cambiar quién mueve los hilos. Sin embargo, está claro que Sax se quedará atrapado aquí si no dice que sí, así que eso es lo que sisea en respuesta.

—Asumo, por el esfuerzo que el Coro ha invertido en ti, que tienes el poder para hacer esta promesa —dice el Amigga—. Si descubro que no es así, derrumbaré esta torre con todos ustedes dentro.

Una amenaza. Ese es un lenguaje que Sax puede entender. Una línea clara y directa entre la vida y el olvido eterno. Es la misma postura que Sax tomaría, la misma postura que está *a punto* de tomar.

—Luchamos contra los Sevora durante ciclos —comienza Sax—. Luchamos contra ellos por lo que podían hacerle a las especies. Tomar sus mentes, reducirlos a algo diferente de sí mismos. No entiendo realmente lo que les estás haciendo a estos Flaum, pero si ganamos, los vas a liberar.

El Amigga tiembla de nuevo, esta vez con tanta violencia que envía a los Flaum corriendo hacia abajo desde el pedestal. —No puedo. No les quedaría nada si lo hiciera. Sus mentes han sido mías durante tanto tiempo que no sabrían cómo funcionar.

—Les enseñaremos. —Sax está tan sorprendido como cualquiera de encontrar el fuego en su voz. Pero ha sido un cautivo durante suficiente tiempo, ha estado en el extremo receptor de demasiadas torturas para dejar pasar esto. La razón entera de esta resistencia ha sido liberar a las especies de las garras de otros. Sin excepciones—. Haremos lo que tengamos que hacer para ayudarlos. No más control. Cualquier especie que te cuide lo hará porque así lo desea, ya sea porque les pagas o los persuades.

—Entonces tal vez te deje aquí y haga un nuevo trato con quien sobreviva —responde el Amigga—. Otros estarán más dispuestos a negociar, estoy seguro.

—Dijiste que eres viejo, sabio —responde Sax—. Dijiste que entendías cómo funciona la civilización. ¿Cómo puedes afirmar eso y aún así robarles el alma a estos Flaum?

—Porque por lo que he visto, las civilizaciones funcionan por necesidad. Aquellos que trabajan más duro para conseguir lo que necesitan sobreviven y tienen éxito. Necesito a estos Flaum, y los he tomado.

Sax abre sus garras, las coloca sobre las rocas cercanas. Esas amarillas y negras, crecimientos jugosos del Amigga en su interior. —Entonces estoy haciendo lo que es necesario. Ayúdame a detener al Coro. Entonces sobrevivirás. Lo prometo.

El Amigga tarda en responder. Mantiene a Sax esperando, adivinando, preguntándose. El Oratus mantiene sus ojos en movimiento, vigilando por si hay disparos por la espalda, un ataque sorpresa o cualquier otra emboscada mortal. Un Amigga lo había tomado por sorpresa antes, pero no otra vez. No aquí, no ahora. Sax no tiene tiempo para quedarse aturdido.

—Si garantizas mi supervivencia, puedo aceptar tus términos —dice finalmente el Amigga, interrumpiendo los pensamientos de Sax—. Me aseguraré de que las puertas permanezcan desbloqueadas —el Amigga se estremece y el Flaum junto a Sax saca una pequeña terminal portátil. La enciende y cobra vida, mostrando una imagen granulada que se vuelve nítida.

—Los ascensores vendrán cuando los llamen —dice el Amigga y en la imagen, Bas y Evva aparecen en el encuadre, acercándose a un par de ascensores con un panel rojo que se alza frente a ellos. Los Oratus se detienen un momento, se miran entre sí, mientras otros combatientes se escabullen en el encuadre e intercambian fuego láser con algo fuera de pantalla.

El panel cambia a verde y tanto Bas como Evva, los Oratus rosa y negro-rojo, miran fijamente el repentino cambio. Desconfiados, como deben ser, de cualquier golpe de suerte. Solo después de que una ráfaga de disparos láser se estrella contra las puertas cerradas del ascensor a su izquierda, Bas golpea el panel y llama al ascensor.

—Tus amigos encontrarán que los ascensores los llevarán por las rutas más seguras. Mientras que los que use el Coro los enviarán a otros lugares o simplemente no funcionarán. Cuando la defensa colapse, tendrán el control de la torre.

—¿Y los Vincere? —dice Sax—. ¿No destruirán simplemente la Meridia desde el espacio?

—No estarías intentando esto si no tuvieras un plan para eso, espero —dice el Amigga—. Si no lo tienes, entonces toda esta misión es una locura.

Entonces Sax menciona el Rayo Prioritario. Comparte su objetivo. El Amigga está de acuerdo. Le proporciona a Sax acceso al ascensor principal hasta arriba. Mientras el Flaum dorado guarda la pantalla, que muestra a los Oratus precipitándose hacia su nuevo ascensor, Sax hace lo mismo. Se apresura a través de las cuevas, habiendo hecho una promesa a una criatura que debería haber sido su mayor enemigo. Pero lo hace de todos modos, deslizándose dentro del ascensor que el Amigga llama para él.

Se escucha un sonido de succión mientras el ascensor se presuriza y comienza su ascenso vertiginoso hasta la cima de la torre más alta. Hacia una oportunidad más, un salto más para salvar a su pareja, su causa y a sí mismo.

CAPÍTULO 19
ESPÍRITU HUMANO

EL ASCENSOR DESCIENDE durante mucho tiempo. Mucho más que en cualquiera de nuestros otros viajes, y lo suficiente como para sentirme más pesado. Supongo que si tienes una torre que llega hasta fuera de la atmósfera, la gravedad también podría cambiar. Malo y yo mantenemos nuestras barras metálicas en manos opuestas, y las otras entrelazadas. Si vamos a caer, caeremos juntos.

Este nivel es muy diferente de los de investigación que hemos estado explorando hasta ahora. Un gran área central se revela tan pronto como las puertas se abren con un silbido y, dominando ese espacio, sobre un suelo carmesí oscuro que muestra una cantidad alarmante de arañazos, hay una silla de forma blanca donde está Viera. Está atada a la silla con una especie de bandas metálicas. T'Oli, con sus dos tallos oculares delatando al Ooblot, está envuelto alrededor del pecho de Viera, ofreciendo su armadura endurecida a mi amiga.

Rodeando a Viera, a cierta distancia, hay grandes paredes de cristal detrás de las cuales brillan numerosas luces de terminales. Máquinas que no reconozco se alzan imponentes en las sombras, algunas arrojando puntos de luz roja hacia nosotros y hacia Viera, como ojos que no parpadean.

—¿Listo? —pregunta Malo, hablando en Charre.

—Listo —tomo la iniciativa y siento una ligera tristeza cuando mi mano se separa de la suya—. ¡Viera! ¿Estás viva?

La cabeza de la Lunare, de cabello ceniciento, se sacude al oír mis palabras. Tiene un rasguño sangriento en una mejilla y, conforme me adentro en la habitación, puedo ver que tiene algunas heridas más; el traje plateado y limpio que llevaba al salir del *Nunilite* tiene manchas rojas por todas partes, además de desgarros en los hombros... la han arrastrado. Es suficiente para enfurecerme.

Esa ira no me ayuda a detectar al Oratus espejado que espera dentro, a la derecha del ascensor. Solo recibo la más mínima advertencia de los ojos de Viera, de su boca empezando a formar las palabras, y entonces el Oratus ataca. Intento levantar la barra, pero la criatura me ignora y se lanza sobre Malo en su lugar. El guerrero logra dar un único golpe frenético, que el Oratus atrapa con una garra media. Mientras la cola de la criatura derriba a Malo, el Oratus le arrebata el arma y la arroja a un lado.

Ni siquiera logro dar un golpe antes de que el Oratus tenga sus garras brillantes en la garganta de Malo.

—Creo que ya es suficiente —anuncia Ferrolite, flotando hacia la sala central a través de una puerta en el cristal. El Amigga ha añadido un nuevo conjunto a sus micropropulsores flotantes: un par de brazos metálicos delgados, ambos terminados en lo que parecen minadores—. ¿Entiendes los términos, humano? Di tu juramento y todos quedarán libres. Si no lo haces, tus amigos pagarán el precio.

—Ese no era el trato —es una respuesta débil, pero con

Malo a un desliz de garra de la muerte instantánea, me cuesta pensar con claridad—. No dijiste...

—No, no lo dije —me interrumpe Ferrolite—. Así es como funciona la galaxia, Kaishi. Siempre hay que tener un segundo plan.

La habitación queda congelada mientras Ferrolite se regodea en su aparente victoria.

—Kaishi, no lo hagas —dice esta vez Viera, y su voz transmite todo el dolor que está sufriendo—. Vamos a morir de todos modos. No le des esa satisfacción a esa bola.

—Oh, dirás las palabras —dice Ferrolite—. Porque si no lo haces, me aseguraré de que la Tierra quede reducida a nada. Arderá. No podemos permitir que especies rebeldes contaminen la galaxia —Ferrolite hace una pausa—. Espera, ¿la Tierra no tiene una luna? Creo que a Kolas le vendría bien una prueba más de su pequeño juguete, ¿no crees?

Dejo caer la barra al suelo. Suena con estrépito, lo que al menos hace que Ferrolite se calle.

—¿Quieres que hable? Muéstrame dónde, porque supongo que no eres tú quien necesita escucharlo.

—Ignos realmente hizo maravillas con ustedes los humanos. Tan perspicaces —Ferrolite hace un gesto con sus minadores hacia la silla que ocupa Viera, y mientras lo hace, las bandas metálicas que se entrelazan entre los brazos, piernas y la silla de Viera se abren de golpe—. Siéntate ahí y mira hacia adelante.

Bien. Me dirijo hacia Viera, me inclino para ayudarla a levantarse, cuando un rayo rojo del minador de Ferrolite golpea el espacio entre nosotros.

—Sin ayuda. Puede arrastrarse —dice el Amigga.

Le lanzo una mirada fulminante a Ferrolite.

—No lo hagas —susurra Viera entre dientes—. No vale la pena. Puedo moverme.

Viera cae hacia adelante, extendiendo sus brazos, sosteniéndose sobre sus codos mientras deja la silla. T'Oli, por su parte, se arremolina alrededor de Viera para ayudarla a levantar sus brazos y rodillas mientras mi amiga se arrastra hacia la pared de cristal y se apoya contra ella. Su rostro está pálido y esas marcas rojas son más grandes.

La silla está vacía ahora, así que me siento en ella. Presiono mi espalda contra el blanco. Sin embargo, mantengo mis brazos y piernas fuera de las ataduras. Algo que Ferrolite probablemente nota, pero el Amigga no se molesta en comentarlo. En su lugar, la criatura flota frente a mí y a un lado, asegurándose de que aún pueda ver esos brillantes puntos de luz roja que nos observan desde la pared de cristal.

—Ahora, pon tu mejor cara —dice Ferrolite—. Esto se transmitirá a toda la galaxia. Toda la civilización escuchará tu juramento. ¿Estás lista?

—¿Eso es una pregunta?

—Supongo que no lo es. Cuando las pequeñas luces se pongan verdes, las palabras que debes decir se proyectarán en el cristal frente a ti. Repítelas exactamente, o tus amigos morirán.

Mis piernas están sueltas, mis palmas sudorosas. Estoy respirando, pero de forma corta y superficial. Este es el momento. Este es el momento decisivo.

Las luces parpadean en verde. Verde intenso, como el pasto. Como por arte de magia, ondulando en la superficie lisa del cristal, letras blancas forman un conjunto de oraciones simples. Cinco líneas, y eso es todo. La humanidad será esclava de una especie que desprecio, de una organización que odio.

—¿Están listos, Malo? ¿Viera? —digo en Charre—. No voy a decir las palabras.

—En nuestra lengua estándar, por favor —dice Ferrolite a mi derecha—. Es importante que podamos entenderte.

Viera, manteniendo la cabeza baja, murmura: —Estoy contigo.

—Yo también —repite Malo, con la voz tensa por la garra en su garganta.

T'Oli, por su parte, no entiende lo que digo pero parece captar la idea. El Ooblot se desprende de Viera y parpadea sus ojos hacia mí.

—Cuando yo diga —grito mientras Ferrolite continúa reclamándome por hablar en el idioma equivocado—. Voy a ir por el Amigga. Ustedes tres encárguense del Oratus todo lo que puedan. Si esto está siendo grabado, mostrará que no nos rendimos. Luchamos hasta el final.

—¡Kaishi! —Ferrolite hace retumbar su voz desde todos los altavoces ahora—. ¡Detente, o haré que este mate a tus amigos de todos modos!

—Solo una oración —le digo al Amigga en palabras que entiende—. Para nosotros, en este nuevo viaje. —Entonces tomo aire, esta vez completamente, hasta que siento que cada parte de mí está tensa y lista—. ¡Ahora!

Me lanzo de la silla hacia Ferrolite, quien responde con un grito sobresaltado. No veo qué le sucede a Malo, pero dado el repentino siseo furioso que erupciona detrás de mí, deduzco que mi guerrero no está muerto. Es toda la atención que puedo dedicarle, porque Ferrolite está flotando hacia atrás e intentando apuntar sus mineros hacia mí. Desafortunadamente para el Amigga, soy pequeña. Rápida. Y tengo mucha práctica esquivando árboles y líneas de fuego de arco.

Ferrolite está tratando de regresar a su puerta de cristal. Salto y uno de sus disparos mineros pasa rozándome, la máscara me mantiene a salvo de cualquier daño, y embisto al Amigga. Golpeo sus brazos metálicos y empujo su cuerpo flotante fuera del marco de la puerta contra la pared de cristal. Los chillidos abundan mientras el exoesqueleto de Ferrolite raya la superficie de la pared. Ahora estoy colgada de él, envolviendo mi brazo izquierdo alrededor del lado derecho de Ferrolite, y mis manos intentan alcanzar el minero sujeto en su funda.

El Amigga también está diciendo cosas, amenazas y órdenes y gritos, pero no me importa. El minero es lo único que importa. Pero no puedo alcanzarlo. Lo intento, tirando y jalando y no sale de su socket. Ferrolite gira, pone mi espalda contra la pared de cristal, y luego me presiona contra ella. La forma de mancha gris del Amigga es tan fea de cerca, e intento mirar hacia otro lado pero es difícil cuando la criatura me tiene inmovilizada. Cuando está aplastando el aire fuera de mí.

Levanto mis rodillas y pateo contra la forma blanda y esponjosa del Amigga. Los micropropulsores pueden ser buenos para flotar pero no ofrecen mucha resistencia, y mi patada me da suficiente impulso para soltarme de Ferrolite y caer al suelo. Casi al mismo tiempo que golpeo el suelo, veo a Malo volar a través de la habitación, con líneas rojas cortando su pecho, y estrellarse contra la pared de cristal opuesta a mí. Se forman grietas donde el hombro de Malo golpea, y se levanta lentamente, pero está tendido cerca de mi antigua barra metálica. Mientras Ferrolite se reorienta hacia mí, el Oratus espejado arranca a T'Oli de su espalda y abre sus fauces dentadas.

—Toda esta lucha, y aún así han perdido —dice Ferrolite—. En lugar de su lealtad, todos están viendo su fracaso.

Miro fijamente las luces verdes detrás del Amigga. Si cada una de esas luces es un ojo a través del cual la galaxia está viendo nuestros últimos momentos, entonces verán que los humanos no se rinden.

—Sí, bueno, eres feo. —Me impulso lejos de la pared y salto hacia Ferrolite de nuevo—. ¡Deslízala ahora, Malo! —digo las palabras en Charre, esperando que el guerrero pueda oírme, pueda actuar todavía.

A un lado, veo a Viera hacer un golpe con la barra metálica de Malo, apartando la garra delantera del Oratus espejado que sostiene al Ooblot. Mi recompensa por la mirada es un disparo en el pecho, uno que mi traje atrapa y absorbe parcialmente. Un dolor ardiente se extiende desde ese punto, pero dado lo cerca que he estado de la muerte antes, solo me hace reír.

Esta vez, voy por abajo. Me agacho bajo los brazos disparadores de Ferrolite y agarro la barra metálica mientras Malo la desliza hacia mí. Ferrolite gira sobre sí mismo, esperando que pase completamente debajo de su cuerpo oscilante. En su lugar, retrocedo, usando mis pies y su agarre para colocarme detrás del Amigga y alinearme para un fuerte golpe. Conecto, dando un golpe tan fuerte como puedo reunir. El impacto envía a Ferrolite tambaleándose hacia adelante contra la pared de cristal cerca de Malo, y el Amigga emite un aullido de rabia púrpura que coincide con su piel magullada.

Las ventajas no deben perderse, así que sigo el golpe con un acercamiento de tres pasos, levantando la barra sobre mi cabeza y planeando bajarla en lo que debería ser un golpe final y destructivo. En cambio, justo cuando veo mi propio rostro reflejado en el cristal, el Oratus espejado me golpea con su cola, atrapando mi estómago y lanzándome, barra metálica y todo, de vuelta a través de la habitación. Golpeo el cristal con fuerza y las cosas se vuelven borrosas por un momento, con algunos cristales cayendo a mi alrededor.

Cuando sacudo las manchas borrosas, obtengo una imagen sombría: el Oratus espejado está ayudando a Ferrolite a darse la vuelta. Malo sigue en el suelo, aunque al menos está sentado. Viera está inmóvil cerca de las puertas del ascensor, y T'Oli se desliza hacia mí, pero el Ooblot muestra una serie de nuevas líneas oscuras en su piel color crema, y uno de sus ojos ha desaparecido por completo, el tallo ondulando sin nada más que un muñón sangriento en la punta.

Parece que este es el final.

Me pongo de pie, me apoyo contra la pared para mantenerme en pie, la barra metálica en mi mano izquierda. T'Oli llega hasta mí y, sin decir palabra, se desliza y me trae una espada a la derecha.

—¡No nos rendiremos! —reúno un grito quebrado—. ¡No vencerás!

—No —responde Ferrolite, con voz sintetizada tensa por el dolor—. Pero tampoco tú.

El Oratus espejado hace eco de las palabras de su amo con un profundo siseo. Estoy lista para aceptar el final, y dirijo una última mirada de lo que espero sea determinación hacia esas luces verdes. Que vean por qué estoy muriendo, por qué estoy luchando. Caeremos, pero caeremos libres.

Ferrolite ordena a su esbirro que ataque primero, y el Oratus está feliz de obedecer. Lee mi nueva arma, sin embargo, y toma un enfoque cauteloso. Sus garras se acercan una a la vez mientras yo circulo hacia el centro. Intento darme suficiente espacio. Ferrolite podría dispararme, pero parece contento de ver cómo su Oratus me hace pedazos. O tal vez las colisiones con la pared dañaron sus mineros. De cualquier manera, soy yo contra un lagarto gigante.

—Vamos —escupo a la bestia—. Me he enfrentado a cosas peores.

—No creo que eso sea cierto —murmura T'Oli suavemente.

Me sorprendo tanto como cualquiera cuando me río de las palabras. Una última broma del Ooblot. Mientras me limpio un repentino conjunto de lágrimas, el Oratus hace su movimiento.

Su cola viene primero, serpenteando por mi derecha y haciéndome retroceder un paso, y mientras me retiro, el Oratus acorta su ataque y salta hacia mí. Intento detenerme, intento recolocar mis pies para apuñalar hacia adelante, pero estoy desequilibrado y el golpe llega demasiado lento. El Oratus me golpea con sus garras delanteras y medias, enviándome volando hacia atrás al suelo frente a los ascensores. Antes de que pueda moverme, el Oratus salta de nuevo, esta vez aterrizando con sus garras cerca de mis piernas, sus zarpas presionando mis tobillos.

Estoy atrapado. Estoy muerto.

El Oratus sisea, me mira y abre sus fauces.

Las cuales, por alguna razón, hacen un ruido de *whoosh*.

—Parece que elegimos el piso correcto después de todo —un segundo siseo, este más profundo y enfadado, viene desde detrás de mí— Quítate de encima.

La voz no espera una respuesta. Un Oratus gigante rojo-negro vuela sobre mi rostro, colisionando con el Oratus espejado y quitándomelo de encima. El Oratus rojo agarra a su enemigo con sus cuatro garras y azota a la criatura contra la debilitada pared de vidrio a la derecha, y toda ella se viene abajo en una lluvia de fragmentos brillantes.

Empiezo a levantarme cuando otra figura silba por

encima de mí, escamas verdes brillando en las luces cente- lleantes del cristal caído. Incluso mientras el Oratus espe- jado lucha por levantarse, intenta desenredarse de las máquinas destrozadas, con sus ojos fijos en el Oratus rojo en el centro de la habitación, el nuevo Oratus verde escala la pared detrás de él. Siento una suave presión en mi hombro y un suave siseo en mi oído: —Quédate abajo, pequeño humano.

El siseo tiene brío, y mientras me siento, mis ojos son atraídos hacia ese Oratus verde, que ahora salta desde la pared mientras el enemigo espejado se levanta sobre sus garras. Con el movimiento, un nombre atraviesa mi mente aturdida, y *sé* que es Lan quien hace el descenso en picada hacia el Oratus espejado, sé que es Lan quien envuelve su cola alrededor del cuello de mi enemigo, pivotando y, con su impulso, lanzando al Oratus espejado fuera del montón y directamente hacia el Oratus rojo.

Quien aprovecha al máximo la oportunidad, atrapando y sujetando al Oratus espejado con sus garras, manteniendo a la bestia quieta. Bas salta sobre mí, da tres largos embistes, y usa un rápido chasquido de sus fauces para encargarse del monstruo atrapado. Y eso es todo. Con un cierre de esas mandíbulas, la pelea termina.

Es entonces cuando noto que Ferrolite ha desaparecido.

CON UN SISEO y el chasquido metálico de cerrojos abriéndose, Sax alcanza la cima del Meridia. La gravedad aquí disminuye su atracción sobre las garras de Sax, tanto que cuando atraviesa la puerta de la cámara más alta del Meridia, flota por un breve instante antes de posarse sobre el suelo de metal negro. No hay acolchado, ninguna concesión a la comodidad.

En cambio, parece que se ha puesto el esfuerzo en la apariencia. El suelo se desvanece bajo él, una ola de relucientes baldosas oscuras interrumpida solo en el centro donde, como una burbuja perfecta elevándose de un lago de alquitrán, se encuentra el Rayo de Prioridad. En su superficie curva y abovedada, pequeños nódulos sobresalen en tonos rosados y azules. Fluorescentes, cortos o largos y siempre con una parte superior metálica redondeada. Apuntan en todas direcciones, incluso hacia donde Sax está parado ahora.

Sin embargo, lo que más atrae la mirada de Sax es la vista.

La cima del Meridia se eleva por encima de la atmósfera de Aspicis. Besando el espacio mismo. Como celebrando su hubris, el Coro coronó el Meridia con una cúpula transparente. Transparente, y sin embargo magnetizada, electrificada o de alguna otra manera que Sax desconoce, está mejorada para bloquear la brutal cascada de radiación dañina y posibles impactos de escombros. Un tenue resplandor blanco brilla en los bordes donde el cristal entra en contacto con las paredes negras que rodean a Sax, las cuales se elevan justo por encima de su cabeza.

El Coro también aprovecha la vista que han creado. Rayos rojos luminosos y danzantes se arquean de una antena larga a otra a través del espacio sobre sus cabezas. Un espectáculo de luces, una promesa del poder y los recursos del Coro. La exhibición resplandece y obstruye la vista de los cruceros y naves estelares que se reúnen sobre el planeta. Oculta las explosiones ardientes mientras algunos de ellos luchan entre sí.

Parece que no todas las bandas Vincere están del lado del Coro. Es posible que Evva incluso haya enviado un mensaje de onda corta a amigos que tiene en el sistema. Pero eso no es para lo que Sax está aquí. Lo que necesita hacer, con este rayo le permitirá hacer, es decirle al resto de la galaxia que venga. Que los ayude. Que ganen.

Lo que Sax está buscando al entrar en la habitación es una terminal. Pero no hay ninguna. El suelo mismo da una pista de algo: las baldosas son fáciles de retraer y mover, pero no hay pista de cómo.

Quizás el Amigga de abajo podría saberlo. Sax recorre la sala con la mirada, buscando una cámara, algo que pudiera usar para enviar un mensaje a ese improbable aliado. Sin embargo, las paredes de este nivel están desnudas.

Pero, como anuncia un clic y un chirrido, estas paredes no son simples.

Una de las piezas negras detrás de Sax se desliza, y luego otra y otra hasta que varios metros de puertas se abren, revelando una habitación de un blanco deslumbrante frente al ascensor por donde Sax llegó.

Ocupando el nuevo espacio, flotando, girando sus brillantes anillos plateados, está la Primera Silla. Dos anillos de microimpulsores, arremolinándose para mantener al Amigga en el aire, mientras las armas en otros dos se fijan en Sax. Otro más cubierto de dispositivos de comunicación zumbantes cobra vida.

—Construimos un búnker aquí para este propósito —dice la Primera Silla en su distintivo monotono calmado—. Siempre existió la posibilidad de que el Coro necesitara pedir ayuda, y el Rayo de Prioridad sirve como un buen refugio final.

—Entonces está cumpliendo su propósito —dice Sax, girándose y extendiendo sus garras. Sin embargo, no puede atacar todavía. No puede asumir que va a descubrir cómo usar el Rayo de Prioridad por sí mismo.

La Primera Silla parece saber esto también y no hace ningún movimiento. —No sé cómo llegaste hasta aquí. Kah y Lei desaparecieron, y sin embargo aquí estás sin un rasguño. Eso no debería ser posible.

—Pero aquí estoy —dice Sax—. Muéstrame cómo usar el Rayo de Prioridad. La lucha ha terminado.

—¿Lo está? —dice la Primera Silla—. A pesar de esos pocos allá afuera que eligen traicionarnos, nuestras fuerzas aún ganarán. No importa qué tan alto en el Meridia lleguen tus amigos, los Vincere aún lo bombardearán hasta reducirlo a escombros. No quedará nada excepto ruinas, excepto tus sueños rotos y destrozados.

—¿Olvidaste que todavía estás en esta torre?

—Como dije antes, no me importa. Estoy muerto de cualquier manera. Lo único que importa es asegurarme de que tú y tus esfuerzos mueran conmigo.

Las palabras son la única señal, y una que Sax no capta. Un par de brillantes rayos rojos salen disparados de los anillos mientras las armas giran, disparando en los momentos precisos para enviar su muerte ardiente directamente hacia Sax. Quien se mueve, pero no lo suficientemente rápido. Nada es más rápido que la luz.

El primer rayo golpea a Sax en el costado, cerca de su cintura y hace que su pierna derecha se tambalee, pierda sensibilidad. El segundo golpea la garra media izquierda de Sax y la cercena a la altura de la muñeca. Alta potencia, letal.

Solo hay una forma de luchar contra un enemigo que tiene alcance cuando tú no lo tienes, y Sax se acerca lo más rápido posible. Se zambulle, se impulsa con su cola, su pierna izquierda y con lo que puede obtener de la derecha. Es un salto torpe, que se queda corto pero aun así obliga a la Primera Silla a flotar hacia atrás en su búnker.

Las armas vuelven a girar en esos anillos y disparan otro par de tiros pero ahora Sax se mueve hacia adelante rápidamente, clavando sus garras y talones y desgarrando ese suelo de metal negro para propulsarse sobre él. Los disparos fallan. Dejan marcas humeantes en las baldosas detrás de Sax. El Oratus sigue arrastrándose y ahora está debajo y cerca de la Primera Silla. Sax se estira para agarrar con sus garras delanteras izquierda y derecha, enganchando esos anillos y comenzando a rasgar cuando recibe una impactante respuesta. Una fuerte descarga de energía eléctrica recorre sus garras metálicas y envía a Sax al suelo entre espasmos mientras todos sus nervios se paralizan.

Pero la muerte no llega.

Lo que llega es un segundo sonido, el estruendo del metal cuando la Primera Silla y su cuerpo golpean el suelo. Los microimpulsores del Amigga están luchando, tartamudeando por volver a la vida. Por un momento ambos yacen allí, incapaces de disparar, incapaces de atacar, incapaces de moverse.

—No planeé esto —la voz del Primer Presidente llega débil, suave. La energía que llega a su matriz de comunicaciones no es suficiente para darle a la voz todo su volumen —. Mineros, microjets, el escudo de choque, todo a la vez. Felicitaciones, Oratus. Encontraste una falla en mis defensas.

Sax capta las palabras pero no puede hacer mucho con ellas. Está intentando, de la misma manera que intentaría mover un brazo o una pierna que se ha dormido después de yacer sobre ella toda la noche, restaurar la conexión, moverse, traerse a sí mismo a la vida y cuando escucha el característico zumbido de los jets regresando, es cuando la mano helada le aprieta los corazones. Cuando se da cuenta de que no puede hacerlo.

No puede moverse.

Pero puede rugir. Largo y fuerte.

Hay pánico en el sonido, hay miedo e ira y pérdida habiendo llegado tan cerca pero ahora con el Primer Presidente flotando arriba, colgando esas armas sobre él... todo ha terminado. Un disparo a la cabeza y todo acaba y todo por lo que Sax ha luchado está arruinado.

Las luces mueren. El búnker queda a oscuras.

En ese momento de confusión Sax sabe que el Amigga abajo puede ver, puede ayudar al menos hasta cierto punto. Saber que no está solo, que hay otro ayudándole, le da a Sax el impulso que necesita. Esta no es solo su causa, sino la lucha por cada especie que vive en esta galaxia. Cada especie que quiere libertad y está dispuesta a intentar conseguirla.

Justo cuando el Primer Presidente comienza a preguntar qué está pasando, Sax empuja su cola y su garra izquierda. Se impulsa bajo el Primer Presidente y esta vez, esta vez, cuando alcanza para agarrar los anillos no hay descarga eléctrica. No hay estallido de energía entumecedora. Solo un temblor, una muestra de lo que podría pasar si Sax le da más tiempo al Primer Presidente.

En cambio, las garras de Sax se clavan profundo. Desgarran el metal y destrozan los anillos y envían al Primer Presidente disparado lejos. Hay un estruendo cuando el Amigga golpea el lado opuesto del búnker, que no mide más de unos pocos metros de ancho.

Al oír el sonido, las luces vuelven a encenderse, cegando a Sax por un momento ardiente, luego sus ojos ven al Primer Presidente cubierto por un flujo de chispas de sus anillos rotos; una de sus armas y uno de sus jets muestran su daño en una lluvia incendiaria.

—Inesperado —logra decir el Primer Presidente mientras corta la energía a esos anillos, restaurándose a un tipo de flotación desequilibrada a solo centímetros del suelo—. Yo no ordené que apagaran esas luces.

—Ya estás perdiendo el control —sisea Sax, luchando por volver a ponerse sobre sus garras.

—Se te acaba el tiempo para hablar —responde el Primer Presidente y gira una segunda arma hacia Sax.

No hay espacio para maniobras elegantes, no hay tiempo para esquivar y zigzaguear. En su lugar, mientras un láser le dispara al pecho, Sax carga hacia adelante y choca contra el Primer Presidente, mordiendo, cortando, gruñendo, y sintiendo una y otra vez el golpe del láser rojo en sus entrañas mientras el Primer Presidente continúa disparando.

Los momentos destellan en fuego e instinto y dolor.

Está roto. No quedan anillos excepto el que Sax pretendía dejar fuera de su destrucción, cortes y mordiscos. El Primer Presidente se está cubriendo con el ácido disolvente que los Amigga usan para alimentarse, y su presencia impide que Sax siga cortando el cuerpo del Amigga.

No es que Sax necesite ayuda para retroceder. Está quemado y sangrando también. Partes de sí mismo están huecas, aunque cualquier dolor que viene está siendo sofocado ahora en oleadas de adrenalina. Un estimulante sería agradable. Cualquiera de una cantidad de drogas que pudieran mantenerlo entumecido. Como están las cosas, Sax tendrá que confiar en su propia fuerza para superarlo.

—Dime —dice Sax—. Dime cómo usarlo.

—¿El Rayo Prioritario? —incluso en monotono, la voz del Primer Presidente lleva consigo un temblor, y un peso, la tristeza apagada de una pérdida terrible—. ¿Por qué?

—Porque no tienes nada más que perder.

Yendo todo el camino atrás, hasta sus primeros momentos en Solis cuando recién eclosionó, a Sax le han enseñado, dicho, ordenado, que la misión va primero. Asegurar la derrota del enemigo, o tanto como puedas, antes de morir. Es un ideal que ha llevado a Sax a través de incontables asaltos, aventuras a mundos enemigos y amigos. Sin embargo aquí está, ordenando, suplicando al núcleo mismo de esa visión que la ignore.

—¿Por qué? —dice el Primer Presidente—. Si lo he perdido todo, ¿por qué ayudar a los que me lo quitaron?

Sax tiene una respuesta. Sabe por qué podrías ayudar al

enemigo. Por qué abandonarías todo lo que te han enseñado.

—Porque no somos nosotros quienes te lo quitamos todo —dice Sax—. Se lo quitaron ustedes mismos. Perdieron su camino, y lo sabes, o no estarías aquí esperando morir. Ayúdanos a limpiar la galaxia. Ayúdanos a mejorar esto. Eso es lo que quieres, y estamos listos para dártelo.

No es el discurso más elocuente de Sax. No es algo que vayan a reproducir durante ciclos frente a clases para estudiar cómo cambiar la mente de alguien en el último momento. Pero es real, es lo que tiene. El Primer Presidente, que tiene muy poco, escucha.

—Entonces prométeme —dice el Primer Presidente—. Prométeme que no destruirán nuestra especie. Que los Amigga tendrán un lugar en tu nueva galaxia, en tu gran visión.

Otro trato, otra promesa que Sax no tiene derecho a hacer y ninguna posición para garantizar. Pero *puede* garantizarlo. Mientras Sax respire, tal como lo ha hecho aquí, los Oratus pueden luchar para asegurarse de que las palabras que dice sean honradas. Así que cuando Sax acepta la petición del Primer Presidente, lo hace con confianza, con coraje y convicción.

—Sí —sisea Sax, un susurro bajo y débil mientras la totalidad de las explosiones comienzan a cobrar su precio. El dolor se arrastra por sus músculos y huesos apuñalando, quemando, doliendo y sin embargo, por ahora, mantiene suficiente alejado para concentrarse—. Lo haré. Los Amigga no morirán mientras tenga garras con las que defenderlos.

—Entonces puedes tener tu mensaje. Puedes tener tu victoria —dice el Primer Presidente—. Aunque no creo que el resto del Coro se rinda fácilmente.

Antes de que Sax pueda decir algo, el Primer Presidente recita una serie de palabras que aparentemente no tienen sentido. Nombres de lugares y personas en un orden y cadencia específicos que sugieren un código. Cuando termina, hay un crujido bajo el suelo del Rayo Prioritario y desde alrededor de la cúpula circular emerge una serie de terminales. Las pantallas se conectan a los nodos, y mientras cada una se conecta, las pantallas grandes y pequeñas se iluminan y muestran en verdes y rojos cuando se han conectado a los satélites cuánticos muy lejos del planeta.

Así es como funciona, así es como el Rayo Prioritario alcanza todos los rincones de la galaxia y momentos. Cómo puede transmitir más allá de la velocidad limitante de la luz y enviar la petición de Sax, su súplica.

Cerca del búnker, dos paneles más en el suelo se desplazan a un lado y elevan una interfaz simple. Una interfaz para escribir palabras y nada más. Los datos visuales no pueden llegar tan lejos, no pueden llegar a la simple conexión itemizada de la red cuántica. Sax se arrastra hacia la terminal, está agradecido por ello. Si el primer mensaje de liberación viniera de un Oratus sangrando, golpeado, casi muerto, Sax no está seguro de que muchos se unirían.

En cambio, Sax teclea las palabras en la pantalla. Simples, y sin embargo completas.

—Un nuevo gobierno ha tomado la Meridia y una nueva galaxia ha comenzado. Vengan a Aspicis si pueden, y reclamen su libertad.

Es posible que Evva quiera enviar algo más extenso, y sin duda las distintas agencias de noticias que cubren este ataque tendrán pronto sus propias interpretaciones. Pero este mensaje transmite la idea. Una vez que termina, Sax se recuesta en su asiento y contempla la pared de luces rojas y verdes que cruzan la pantalla. A medida que el mensaje se transmite, mientras esos puntos cuánticos encuentran sus contrapartes, cada ícono en la pantalla cambia de rojo a verde.

Está hecho entonces. Por fin.

ESTAMOS ENSANGRENTADOS, desaliñados y apenas nos mantenemos en pie.

Pero nos mantenemos en pie.

Bas y Lan están usando sus garras para aplicar una crema fría y gris sobre las diversas heridas que hemos sufrido mientras las luces verdes de esas cámaras siguen brillando. Aparentemente nuestra pelea fue, y está siendo, transmitida por todo el planeta, incluso dentro del Meridia, que es como los Oratus supieron venir aquí en primer lugar. Los propios ascensores del Meridia parecían saberlo también, enviando a los Oratus a este nivel sin que tuvieran que elegirlo.

—¿Qué? logro preguntar.

—Tal vez alguien quiere que vivas —dice Bas, levantando un par de sus garras en señal de duda—. Sax, quizás. O una Amigga cansada de que el Coro maneje todo.

Bas dice que Evva también podría saberlo, pero el comandante ya se ha ido para reunirse con algunas de sus otras fuerzas. Bas y Lan, sin embargo, tienen algunos viales de la crema y la usan generosamente.

—Esto pica. Muchísimo —me muerdo el labio para evitar rascarme la línea en mi brazo izquierdo donde, supongo, algo del vidrio roto debe haber hecho un corte.

—Son los nanobots —sisea Bas mientras trabaja en las numerosas heridas de Viera—. Te acostumbrarás. Te están reconstruyendo.

Ni siquiera quiero saber qué son los 'nanobots', y reprimo cualquier temor de que estas cosas entren en mí. T'Oli ve mi nerviosismo e intenta decirme que los nanobots son la razón por la que sigo viva después de todo; tras la nave semilla, estas diminutas cosas invisibles reconstruyeron mi cuerpo.

—Eso no significa que tenga que gustarme —digo, y luego miro a Malo, quien está recibiendo el tratamiento de primeros auxilios de Lan—. ¿Estás bien, Malo?

—He sobrevivido a cosas peores —Malo señala con un dedo hacia Bas—. La primera vez que la conocí, fue casi igual de malo.

Había olvidado cómo Sax y Bas golpearon a Malo y Viera en la jungla cuando me secuestraron de la superficie de la Tierra. En ese entonces todavía estaba bajo el control de los Sevora, en ese entonces no sabía nada.

—¿Dónde está Sax? —le pregunto a Bas.

—En algún lugar de esta torre —me sisea el Oratus—. Causando problemas, como siempre. Después de ti, voy a buscarlo.

—No sola —añade Lan.

—¿No vas tras Evva?

Bas se ríe. —Creo que todos terminaremos en el mismo lugar antes de que esto termine.

Preguntaría dónde podría ser eso, pero mis ojos flotan hacia el ascensor frente a mí. El derecho de los dos, de color plateado y el que Ferrolite debe haber tomado. El de la izquierda está sombreado en rojo, y Bas dice que eso significa que está dedicado a los niveles de medios del Meridia, y no puedo imaginar a Ferrolite acoplando su nave de escape en algún lugar tan bajo. El Oratus mascota del Amigga podría estar muerto —Lan insistió en que dejáramos el cuerpo a la vista clara de las cámaras, para que cualquiera que esté mirando entienda que esto es real—, pero la continua existencia de Ferrolite se ha vuelto prioritaria en mi lista de cosas que manejar mientras estoy aquí.

Aparentemente, una misión para unirme al Coro se ha convertido en una protesta violenta contra la mayoría de las cosas que el Coro representa. Supongo que no soy la mejor elección para Embajadora.

Bas se aleja de Viera, quien logra no colapsar nuevamente. En cambio, la Lunare solo parece cansada, y puedo empatizar. Sin el impulso al borde de la muerte manteniéndome lista para correr, mis propios músculos me están diciendo que es hora de tomar una siesta. Malo, también, parece que estaría mejor con un buen número de horas en una de esas camas de esponja roja que le gustan a la galaxia.

Por eso pregunto: —¿Tienen algún estimulante?

Lan fija sus ojos en mí, inclinando su cabeza en un ángulo. —¿Por qué quieres eso?

—Tengo un Amigga que atrapar —No tengo idea si es posible, pero si hay alguna posibilidad, cualquier posibilidad...

Bas aprecia mis sentimientos con un bajo siseo propio, luego recoge otro vial de tapa negra de su máscara con sus garras medias. —Estaba guardando esto para Sax, pero creo que tú podrías usarlo mejor.

—Espera —interrumpe Viera—. ¿Quieres ir tras Ferrolite? ¿Ahora? —Cuando no descarto la idea, Viera levanta las manos—. ¿Por qué molestarse? Mira a estos dos, y a esa otra, Evva... van a tener esto ganado en unos minutos. Entonces tendremos todo el tiempo para rastrear al Amigga, en lugar de ahora, cuando estamos medio muertos.

—Eso es lo que pensábamos de los Sevora —dice Bas—. Muchas veces creímos que los teníamos eliminados, así que nos contuvimos. No nos comprometimos del todo. Y cada vez, se escapaban y volvían más fuertes de lo que anticipábamos. Si puedes aplastar a tu enemigo, aplástalo.

—O cómelo —añade Lan.

—Sí, comérselos también es bueno. Especialmente si son sabrosos —sisea Bas—. Aunque nunca he comido un Amigga.

Viera está lanzando miradas de asco a ambos Oratus, y yo estoy tratando y fallando en contener una risa muy necesaria. Es un momento que muere cuando veo a T'Oli deslizándose hacia el ascensor elegido por Ferrolite, el tallo del único ojo del Ooblot es un claro recordatorio de que, nanobots aparte, no saldremos de esto ilesos.

—Estoy con Kaishi —dice Malo—. Tenemos que defender a nuestra especie. Ferrolite quería el crédito por llevarnos al Coro. Démosle lo que está buscando.

—Si esto nos mata, los culparé a ambos —Viera parece que quiere añadir algunas quejas más, pero la garra extendida de Bas cubierta de estimulante la interrumpe, y después de ese zumbido, las objeciones de Viera mueren en un frenesí de espasmos distraídos.

Así es como los tres, con T'Oli montado en mis hombros, terminamos en el ascensor de Ferrolite subiendo. No esperaba que nuestras opciones fueran tan limitadas, pero resulta que la Meridia no tiene muchos niveles diseñados para el atraque. Está aquel por el que entramos, cerca del Coro y destinado a visitantes y reservado como tal. Luego hay otros cinco reservados para los miembros del

Coro y sus diversos séquitos. Más allá de esos, solo hay un nivel más en la torre, designado para emergencias o visitas de alta prioridad. Yo diría que la evacuación de Ferrolite califica como ambas, así que ahí es donde decidimos ir.

—¿Estarás bien con un solo ojo? —le pregunto al Ooblot mientras el ascensor sube velozmente. Tengo que hablar porque el estimulante está golpeando cada nervio como un rayo, y si no digo nada, temo que terminaré como Malo, quien está ocupado apretando y abriendo los puños, o como Viera, que parece estar hiperventilando en la esquina.

—Lo reemplazaré más tarde con una versión mecánica. Hasta entonces, mi percepción de profundidad estará alterada. Por favor, no me pidas que apunte. Ni que juzgue distancias.

T'Oli dice "más tarde" como si esperara llegar a algún futuro más allá del ahora, y supongo que yo también estoy ahí, divagando mientras nuestro ascensor sube, pensando en qué haré primero cuando regrese a la Tierra. Tal vez sea optimista, pero, bueno, ¿quizás nos merezcamos algo de optimismo después de todo esto?

El ascensor llega a su destino y las puertas se abren con un silbido hacia un estrecho vestíbulo que conduce a un lobby con tres puertas triples. Una para cada una de las bahías de emergencia, supongo. Todas están cerradas, y no hay una clara que Ferrolite haya elegido usar.

—Fue por ahí— Viera señala la de nuestra derecha y estoy a punto de preguntar cómo lo sabe cuando me doy cuenta de que la evidencia está a nuestros pies.

Líneas negras conducen a la izquierda y directo hacia las puertas, pero un amarillo ámbar brilla hacia la derecha. Por supuesto que iluminarían el suelo: el humo y similares suben al techo, y podrías no tener tiempo de usar terminales.

—¿Estamos listos? —pregunto, dirigiéndome a la puerta marcada.

Bas y Lan nos dieron un minero cada uno, así que Malo y Viera tienen láseres listos. Yo sostengo mi herramienta recuperada, y T'Oli se ha convertido nuevamente en una hoja, poniéndonos en la mejor forma posible. Que solo estemos de pie gracias a una fuerte dosis de drogas es un hecho que elijo ignorar.

Cuando nos acercamos, la puerta se abre por sí sola, sin necesidad de presionar ningún panel, lo que supongo encaja con la idea de emergencias. Del otro lado hay, efectivamente, una lanzadera, aunque más pequeña que las que he usado antes. A primera vista, se parece a un cono, aunque sin la estricta separación entre cabina y compartimento de pasajeros. También está pintada, de un azul profundo con un pequeño conjunto de círculos verde lima. Colores del Coro. No veo ninguna rampa de abordaje. Solo una pequeña plataforma bajada desde el centro de la nave. El resto del espacio está iluminado en blanco, y las decoraciones son inexistentes. Estantes con varios objetos bordean los lados, sin duda colocados en caso de que sea necesaria una reparación de último momento para escapar.

Flotando frente a ella, ladrando órdenes a un trío de guardias Flaum, está Ferrolite. Su última orden, de enviar a los guardias hacia nosotros, muere cuando la puerta se abre.

Puedo imaginar lo que los Flaum ven al girarse hacia nosotros: un trío de criaturas golpeadas y ensangrentadas de una nueva especie, dos sosteniendo mineros y un tercero empuñando una burda barra de metal y lo que parece una espada de perla con un solo ojo oscilando desde ella. No sé dónde cae eso en términos de pesadillas Flaum, pero es lo suficientemente extraño como para que, en lugar de enfrentarnos, los tres guardias rompan su momento de parálisis para correr hacia la plataforma de carga de la lanzadera y comenzar a ascender.

—¡Cobardes! —les grita Ferrolite, y el Amigga comienza a flotar hacia ellos, pero sus micropropulsores, posiblemente dañados por nuestra pelea, funcionan demasiado lento. La plataforma ha subido y entrado antes de que el Amigga llegue allí—. ¡Todos morirán por traicionar al Coro!

—¿No estás un poco más allá de esas amenazas? —le digo a Ferrolite mientras avanzamos en línea. Malo está a mi derecha, Viera a mi izquierda, ambos con los mineros alzados—. No creo que tu Coro vaya a ayudarte ahora.

Ferrolite gira hacia nosotros, y antes de que se voltee, veo bien el enorme moretón púrpura en su espalda. Parece que mi golpe sí hizo efecto después de todo.

—No —dice Ferrolite, y sus palabras sintetizadas son de tono bajo, de alguna manera melancólicas en su brío antinatural—. No, no lo hará.

—Suena como si te estuvieras rindiendo —se burla Viera.

—¿No es así? —responde Ferrolite. Mientras el Amigga habla, la lanzadera comienza a emitir un zumbido cuando sus motores cobran vida por completo—. He sido abandonado por mis propios guardias. He fallado en capturar la lealtad de una nueva especie. Incluso si sobrevivo este día, no seré nada para el Coro. Nunca conseguiré un lugar.

—Si esperas lástima... —Estoy casi a distancia de golpe. Malo y Viera saben que deben disparar si hay riesgo, pero hasta entonces, quiero dar el golpe final. Es mi trabajo, mi deber tanto como Emperatriz y embajadora, o eso me digo a mí misma.

—La realidad es lo que es —dice Ferrolite—. Para mí, es el final. Para ustedes, probablemente sea lo mismo. Si la Meridia va a caer, por inconcebible que eso sea, el Vincere la arrasará hasta los cimientos y quemará vivos a sus líderes en el proceso. Luego, el Coro construirá una nueva. La galaxia seguirá igual.

—Pero tú no estarás en ella.

La lanzadera comienza a moverse, y mientras lo hace, la pared gris pizarra a nuestra izquierda se divide, revelando una vista del espacio y las naves Vincere que lo ocupan. Una luz azulada la baña, y he despegado de suficientes estaciones espaciales ahora para saber que es el escudo magnético, manteniendo nuestro aire y a nosotros mismos de ser succionados hacia el infinito.

Levanto a T'Oli, preparando su espada-Ooblot—. Últimas palabras, Ferrolite.

El Amigga, con su exoesqueleto roto aún colgando a su alrededor, no tiene ojos ni brazos, ni boca ni hombros con los que dar a conocer sus emociones. En cambio, flota, inmóvil y feo—. Mátame entonces. Haz lo que viniste a hacer.

No mucho después de que encontré a Ignos, me paré en la cima del Nivel de nuestra tribu. Después de todas las promesas que Ignos me dijo que hiciera, mi propia gente quería que hundiera un cuchillo de vidrio negro en un cautivo. Como Ferrolite, el cautivo estaba indefenso. Como Ferrolite, que flota inmóvil frente a mí, sin armas y sin esperanza, el cautivo había aceptado su destino. El Amigga nos había amenazado, había intentado forzarme a someter a la humanidad a la voluntad del Coro incluso después de que había cambiado de opinión, y lo había hecho todo por beneficio personal.

Y sin embargo.

No pude realizar el sacrificio entonces, porque estaba demasiado asustada. Demasiado nueva en las consecuencias del poder y las terribles decisiones que deben venir con él.

Desde entonces, había interpretado el papel de líder despiadada. Había ejecutado mi parte de sacrificios y enemigos por igual porque pensaba que tales cosas eran necesarias. Tales cosas eran esperadas.

Pero quizás es hora de que esas expectativas cambien.

Un estruendo suena cuando la lanzadera se impulsa fuera de la bahía, y mientras se eleva desde la sala, un brillante rayo rojo dispara desde el único cañón en la parte superior. Comparado con los enormes espectáculos de luz producidos por las naves más grandes del Vincere, el destello aquí es pequeño, preciso. También es suficiente, cuando el láser golpea la pared lateral de la parte posterior, para hacer que el escudo magnético parpadee. Las chispas vuelan desde el impacto y son succionadas hacia el espacio mientras el vacío tira de nosotros por un momento.

—¡Corran! —T'Oli repiquetea desde mi mano—. ¡El escudo está fallando!

El tinte azul desaparece de nuevo mientras las palabras de T'Oli ponen mis piernas en movimiento y el tirón me empuja hacia atrás, hacia el negro espacio. El aire silbante sopla mi cabello, arranca el aliento de mi boca. Viera, la más cercana a la puerta, se acerca y esta se abre de golpe. Aún no estamos atrapados.

—¡Kaishi! —grita Malo—. ¡Tu barra!

El guerrero tiene razón: con el escudo parpadeando, es difícil dar más de uno o dos pasos a la vez, pero Malo alcanza el brazo extendido de Viera y con su mano derecha agarra mi izquierda, sosteniendo la barra de metal. Juntos, tiramos contra el escudo que falla. Más cerca, con cada embestida, hacia la puerta.

Por encima de los estallidos aleatorios, otro zumbido se hace notar, y contra mi propio juicio miro y veo los microimpulsores de Ferrolite luchando contra la presión del vacío.

Sin nada a qué aferrarse, el Amigga retrocede un metro más o menos cada vez que el escudo se disipa, y solo logra detener su impulso durante las pausas. El Amigga será succionado antes de mucho tiempo.

—No puedes salvarlo —repiquetea T'Oli con fuerza, su único ojo siguiendo al mío hacia el Amigga.

—No, pero tú sí puedes. Estírate, T'Oli —digo—. Demuestra que no somos como ellos.

El Ooblot duda y Malo nos acerca otro largo paso a la puerta.

—¡Ferrolite no es el Sevora! ¡Los Amigga nos crearon a nosotros y a los Oratus. ¡No pueden ser todos malvados! —grito las palabras, y Ferrolite se estremece hacia mí mientras lucha contra su lenta succión hacia el olvido. No estoy segura de que mi argumento sea tan bueno, pero ahora, más que nada, quiero que Ferrolite viva, que entienda lo equivocado que estaba. Que acepte, tal vez, que los humanos no somos el error que todos los Amigga parecen pensar que somos.

T'Oli, por fin, acepta mi deseo. El Ooblot se estira desde mi mano derecha, enrollándose y endureciendo parte de sí mismo alrededor de mi muñeca y usando el tirón de una pulsación de vacío para volar como una cuerda lanzada a través de la bahía hacia el Amigga. Allí, el Ooblot se envuelve alrededor del exoesqueleto roto de Ferrolite.

—¡Tira, Malo! —le grito a mi guerrero, y lo hace.

Viera se apoya contra la puerta y juntos los cuatro nos recogemos uno por uno, con Ferrolite deslizándose dentro mientras el escudo parpadea y falla por lo que suena como la última vez. Una breve alarma suena y una compuerta más dura y gruesa se cierra de golpe y cubre la puerta por la que acabamos de pasar, dejándonos dispersos alrededor del centro del nivel. A salvo, vivos y respirando.

—Me salvaron —el tono monótono de Ferrolite no transmite gratitud alguna, pero asumo que está ahí.

—¿Por qué dispararon al escudo? —grita Viera cuando recupera el aliento—. ¿Cuál es el punto de eso?

—Desobedecer a un Amigga significa la muerte —responde Ferrolite, flotando justo dentro de la puerta—. Probablemente pensaron que matarme salvaría sus propias vidas. Ahora, disfrutaré tomando cada una de sus almas, lentamente.

—No —me pongo de pie mientras T'Oli se desenreda de nosotros dos—. No harás nada excepto lo que digamos. Todas las muertes, las ejecuciones y la dominación, todo eso se detiene ahora.

Ferrolite no dice nada por un momento, hasta que Malo, Viera y yo estamos todos de pie, todos enfrentándolo. —¿Crees que porque me salvaste, el Coro hará un trato contigo? No soy nada para ellos.

—Pero podrías serlo —digo—. Vamos a ganar esta guerra. Cuando termine, los Amigga necesitarán a alguien que hable por ellos. Alguien que nos entienda y que esté dispuesto a trabajar con los Oratus.

Si hay una clave para este Amigga, es la ambición. Es la oportunidad de gloria, respeto y poder. Ahora que sé cómo opera Ferrolite, creo que puedo trabajar con él. Bas, Evva y los otros también pueden.

Ferrolite también parece ver su camino hacia adelante; no objeta mi oferta, y con Viera manteniendo un minero apuntándole, los cuatro regresamos al ascensor y subimos más alto.

HA ENVIADO EL MENSAJE. Muy pronto, toda la galaxia cuestionará sus lealtades. El Vincere tendrá que elegir un bando. O, más probable aún, entrar en guerra consigo mismo.

—Muchos van a morir —crepita Primera Silla mientras sus sistemas de voz, aparentemente dañados, trabajan para traducir los pensamientos del Amigga en palabras.

—Muchos ya iban a morir —dice Sax. Se ha alejado de la terminal para volver al búnker de Primera Silla, donde puede vigilar al Amigga—. Solo que no lo sabían.

—¿A cuántos de ellos matarás?

Sax mira a la criatura rota frente a él. Esos anillos metálicos están retorcidos y quebrados, con chispas ocasionales brotando de un microjet destrozado o de un minero que Sax partió por la mitad. Primera Silla, con toda su posición, con todo su supuesto poder, no es más que una masa. Totalmente dependiente de los sistemas que ha construido. Sería casi patético, excepto que Sax sabe que él depende igualmente de esos mismos sistemas. Puede que sea un arma, pero no sabe cómo cultivar su propia comida, reparar una nave estelar o colonizar un mundo.

—A los menos posibles —sisea finalmente Sax—. Cada muerte será un fracaso.

Primera Silla absorbe las palabras mientras Sax se agacha y, envolviendo sus garras con su cola, se sienta junto al Amigga. Es más cómodo así, y el dolorido cuerpo de Sax se siente mejor contra el frío suelo duro.

—Nosotros también empezamos así —dice Primera Silla—. Una especie noble, y no tan indefensa como nos encuentras hoy. Una vez tuvimos extremidades, cuerpos más adecuados para cazar presas en nuestro hogar acuático.

—No podías haberlo sabido.

—Aprendimos a almacenar grabaciones mucho antes de decidir que el conocimiento era la única moneda que realmente importaba —dice Primera Silla, y Sax comienza a darse cuenta de que está escuchando una confesión del Amigga como especie—. Puedes ver a los Amigga de antes, viviendo vidas imposibles para nosotros ahora. Antes de que cambiáramos nuestra propia composición genética, mucho después de que subyugáramos a los Flaum y los pusiéramos a nuestro servicio. Una vez que tienes a alguien para levantar un vaso, pilotear una nave por ti, ¿por qué preocuparte por hacerlo tú mismo?

—O luchar una guerra por ti.

—Exactamente. Perseguimos lo único que ninguna otra especie podía, y mira adónde nos llevó.

—Lo gobernaron todo. Durante mucho tiempo.

—¿Y cuántos súbditos dirían que hicimos un buen trabajo?

Sax mira sus garras, hechas de metal. Artificiales. Su lengua roza el interior de sus dientes, aún los suyos de nacimiento. Sus ojos parpadean, se dirigen hacia el relámpago rojo arqueado fijado en la parte superior del Meridia, deste-llando contra el espacio oscuro y las explosiones como palo-mitas mientras las naves Vincere giran y luchan entre sí. El mensaje se está transmitiendo, las lealtades se forjan y se rompen en sangre.

—Yo lo diría —raspa Sax—. No existiríamos sin vuestra especie, y hasta que fuisteis demasiado lejos, servimos sin cuestionar.

Al otro lado de la sala, una puerta del ascensor se abre de par en par y revela a alguien que Sax pensó que nunca volvería a ver. Bas se abre paso por la cámara con un par de largos saltos, aterrizando junto a Sax y presionando una de sus garras contra Primera Silla, que yace en el suelo.

—Déjalo —dice Sax—. El Amigga ya se ha rendido.

—Este intentó matarte —sisea Bas—. No tengo piedad para él.

—No espero ninguna —responde Primera Silla, su voz fracturada ahora, rota mientras la tecnología que impulsa su habla comienza a fallar—. Fuisteis hechos para ser depreda-dores. No traicionéis vuestra naturaleza.

La palabra que se queda con Sax, herido y exhausto, es *hechos*. Los Oratus fueron diseñados para ser una cosa, pero si hay algo que Evva, Bas y Sax han demostrado con toda esta operación, es que son más de lo que fueron hechos para ser.

—Lo siento —dice Sax—, pero los Amigga saben horrible.

—Eso he oído —repite Bas, y un destello aparece en sus ojos dorados mientras capta lo que Sax está pensando—. No queremos comerte.

—¿Piedad? —dice Primera Silla—. No habría creído que los Oratus fueran capaces de ella.

—Esto no es piedad —sisea Sax, el aire silbando a través

de sus conductos quemados—. Nos habéis usado durante tanto tiempo, ahora es nuestro turno.

Evva es la líder de su levantamiento, sus escamas negras y rojas son la imagen que impulsa a sus fuerzas hacia adelante, que enmarca su visión. Primera Silla es lo mismo para el Coro, un líder sinónimo de gobierno. Tomar y hacer que el Amigga se vuelva contra sus antiguos aliados y hable en contra de la crueldad sin fin de los Amigga, esa es la verdadera justicia, y para Primera Silla, está lejos de ser un final misericordioso.

Pero en su estado actual, con sus anillos rotos en el suelo, sus microjets sin poder y lanzando chispas ocasionales por el suelo, y con Bas clavando una garra justo contra su cuerpo ondulado y gris, el Amigga no tiene opciones. Sin elecciones. Justo como Primera Silla pretendía para los Oratus.

—¿Hora de irnos? —dice Bas, su cola enroscándose y ayudando a empujar a Sax hasta que está de pie sobre sus garras, su propia cola haciendo lo que puede para mantenerlo equilibrado.

—Sí.

Sax echa un último vistazo al Rayo Prioritario mientras se dirigen hacia el ascensor. Todavía está encendido, todavía empujando el mensaje de Sax hacia los rincones de la galaxia. Es extraño ver una misión cumplida que no terminó en sangre, destrucción o extinción. Una sensación a la que Sax podría acostumbrarse. Al menos algunas veces.

Bas lleva a Primera Silla; la baja gravedad aquí arriba hace que sea fácil sostener al Amigga en sus garras, y el Amigga no se molesta en protestar. Resignado a su destino, o aceptándolo. No es que importe.

Por una vez, los Oratus tienen el control.

CAPÍTULO 23
EL ÚLTIMO CICLO

ESTA VEZ, el ascensor va donde quiero; de vuelta al lugar donde casi vendí a mi especie al Primer Sillón. A la cima de la Meridia.

Permanecemos en silencio durante el viaje. Ferrolite flota hacia la parte trasera del ascensor con Viera a su lado, con su minador listo para disparar si el Amigga siente la tentación de hacer cualquier cosa, lo que sea. T'Oli viaja en mi brazo izquierdo, donde puede monitorear lo que está haciendo el ascensor. Malo está conmigo, su mano cerca de la mía pero sus ojos, como los míos, mirando fijamente las puertas de acero. Su mente en algún lugar que no puedo ubicar.

Cuando salimos de la sala segura donde Ferrolite nos había encerrado al principio de todo esto, pensé que podríamos aclarar el misterio que rodea la historia humana. Pensé que, al destruir nuestros orígenes a manos de un Amigga rebelde, podríamos preservar algo de dignidad como especie. Que tal vez no me sentiría como un peón. Un experimento que los Amigga no lograron tirar a la basura.

En cambio, casi morimos todos. T'Oli había perdido un ojo. Viera, Malo y yo estamos heridos, ¿y para qué?

—No te cuestiones —susurra Malo mientras el ascensor sube.

—¿Cómo lo supiste?

—Cierras los ojos con fuerza cuando haces eso. Y, me estás lastimando un poco la mano.

Ni siquiera me había dado cuenta de que la había agarrado. Que la estoy apretando con fuerza.

—No quiero estar equivocada —digo, soltándolo.

—No hay forma de estar seguros. Yo no sabía si sacarte de tu tribu era la decisión correcta. El Emperador era la persona más sagrada en Damantum. Alguien que dice oír a Ignos probablemente debería ser visto como una amenaza.

—¿Qué te hizo cambiar de opinión?

—La convicción —Malo sonríe, con recuerdos bailando en sus ojos—. La forma en que hablaste en el Nivel mostraba que creías.

—O que podía decir lo que Ignos me ordenaba.

—Ningún Sevora podría hacer eso. Ignos pudo haberte dado las palabras, pero tú las pronunciaste.

El ascensor reduce la velocidad, se prepara para detenerse. A esta altura, la gravedad es baja y mientras el ascensor se detiene mis pies flotan ligeramente sobre el suelo.

Todavía creo en nosotros, Malo —digo mientras mis dedos tocan nuevamente el suelo metálico—. Los humanos somos iguales a cualquiera.

—¿Ves? A eso me refiero. Convicción.

Cuando las puertas del ascensor se abren y salimos, yo también estoy sonriendo. Pequeña, determinada, pero una sonrisa. Una que desaparece cuando entramos en el familiar anillo alrededor de la cámara del Coro y vemos un trío frente a nosotros. Un Vyphen, con aspecto de batalla y cansado, un Whelk con lo que parece ser un minador gigante sobresaliendo directamente de su cuerpo rojo rubí, y un Flaum negro ceniza que emerge de mis recuerdos más profundos.

—¿Coorvin? —logro rescatar el nombre de la criatura.

Antes de que termine, el Whelk ya ha apuntado su minador hacia mí. Con el cañón en mi cara, el arma es incluso más grande de lo que pensé al principio, y ahora empiezo a ponerme nerviosa. Si este es un miembro del Coro, podría liquidarnos a todos antes de que empecemos a movernos.

—Dispara y el orbe lo pagará —Viera se adelanta a cualquier respuesta a mi pregunta con la amenaza desde detrás de mí.

—¿Por qué debería importarme? —responde el Vyphen, moviendo sus ojos desde mí hacia atrás, en dirección a Ferrolite—. Esa cosa no es amiga nuestra.

Me permito una media pizca de calma. Solo media. Intento parecer inofensiva, extiendo mis manos y repito el nombre de Coorvin. Esta vez, lo sigo con: —¿Quieres decirles a tus amigos que somos, eh, amigos?

El Flaum inclina su cabeza hacia mí, y no veo mucha amabilidad en ese rostro. —¿Amigos? La última vez que vi a tu especie, nos estaban dejando morir a Sax, Bas y a mí mientras el *Cobalt* se desmoronaba.

Oh. Sí.

—¡Eso no fue mi culpa! Los Sevora me obligaron a hacerlo.

Ahora el Vyphen y el Whelk están mirando alternativamente entre Coorvin, yo y el Amigga, sus expresiones diciendo que se inclinan por dispararnos a todos primero y averiguar después si somos peligrosos. Coorvin, sin embargo, no deja que llegue tan lejos. El Flaum suspira, coloca una mano sobre el cañón del minador del Whelk y lo empuja hacia un lado.

—Estos son humanos —dice Coorvin.

—Unos inútiles —murmura Ferrolite, y Viera le da un ligero golpe con la culata de su minador.

—¿Humanos? —pregunta el Vyphen—. ¿Debería saber qué son?

La pregunta me da la oportunidad de exponer la versión concisa de la historia humana, que se reduce a unas tres frases: somos de un planeta llamado Tierra, los Sevora aterrizaron allí y trajeron toda clase de horrores, y ahora el Coro nos encontró y nos trajo aquí. No menciono a Ignos, no hablo sobre cómo los Amigga pensaron que éramos la respuesta a su problema con los Sevora, y definitivamente no menciono cómo el Coro decidió que era mejor aniquilarnos que permitirnos sobrevivir.

—Parece que están de nuestro lado —dice el Vyphen.

—No confío en ellos —responde el Whelk.

—No confías en nadie —dice Coorvin.

—Confío en ustedes dos.

—Solo porque te pago —El Vyphen levanta una extremidad emplumada para evitar otra réplica y se vuelve hacia mí—. Si han llegado hasta aquí arriba, manteniendo a un Amigga como rehén, deben tener más historia que contar.

La tengo, y se las contaré. Más tarde —asiento más allá del trío—. ¿Dónde están Bas y Lan? Necesito hablar con ellos.

Lo que no digo es que quiero irme de este lugar. Que quiero volver a la Tierra lo más rápido posible para poder estar con mi gente cuando el Coro decida enviar a sus Oratus para eliminarnos a todos.

El Vyphen capta el mensaje, afortunadamente, y,

después de enviar al Whelk para dar a Ferrolite garantías adicionales de su muerte si consideraba cualquier intento de escape, caminamos a través de uno de los túneles de sección hacia una cámara que había esperado no volver a ver jamás.

La sala del Coro ha vuelto a su clásico rojo y negro. Cada una de las cabinas Amigga está vacía, sin el más mínimo rastro de la docena de criaturas y sus asistentes que enviaron a quién sabe cuántas especies a su fin definitivo. O al menos lo intentaron.

Lan y el Oratus más grande al que llamaban Evva ocupan el centro. Cuando me ve, Lan esboza una sonrisa dentada.

—Tu cacería fue exitosa —sisea Lan primero.

—Apenas —respondo—. ¿Dónde está Bas?

—Su pareja la necesita —dice Lan, y se percibe el más leve eco de preocupación—. Yo también habría ido, pero Evva debe ser protegida. Aunque, al parecer, no de este Amigga.

Es extraño ver a las mismas criaturas que me causaron tanto miedo no hace mucho, riéndose de Ferrolite. Ver al Oratus darnos un saludo amistoso derrite el último hielo de Vyphen y Whelk también, y las conversaciones brotan entre nosotros. Me sumerjo en el relato de dónde fuimos en el Meridia, y cuando Lan pide la historia completa, también la cuento. Aun así, mantengo en secreto los orígenes de la humanidad.

Evva permanece en silencio mientras cuento mi historia, veo que sus ojos se tensan cuando hablo sobre los archivos, cuando miento y digo que terminamos allí después de intentar encontrar nuestro camino hacia abajo de la torre gigante donde se desarrollaba la lucha. Cualquier cosa que pase por su mente, elige no confrontarme, y espera hasta que termine para hablar.

—Casi comprometiste a tu especie con el Coro —dice Evva cuando termino, su voz tiene un timbre más fuerte que el de Lan. Reconozco esa confianza de peso. La había escuchado en el Emperador, en Dalachite en el *Cobalt*, e incluso en Malo mientras Ignos ocupaba su cuerpo y me ordenaba rendirme.

—Por no haberlo hecho, creo que nos he matado.

—No —dice Evva—. No creo que el Coro sea una gran amenaza nunca más.

—No se rendirán solo porque tomaron esta torre —grita Ferrolite, que se ha acercado lo suficiente para oír nuestra conversación—. El Vincere la recuperará. No pueden esperar mantenerla.

—El Vincere ya no trabaja para ustedes —dice Evva—. Yo elegiría mis próximas palabras con cuidado, Amigga. Su especie podría tener un papel que desempeñar en lo que viene, y usted parecería estar en una buena posición para determinar qué tan importante será ese papel.

Ferrolite, esclavo de la ambición, cae en silencio. Lo que devuelve las miradas de los Oratus hacia mí. No es difícil adivinar lo que buscan.

—Ustedes quieren lo mismo que el Coro —les digo a los docenas de dientes, esas escamas brillantes, esos ojos negro-amarillos.

Evva no lo niega.

Los Amigga gobernaron por sí mismos —dice el Oratus—. Nosotros haremos las cosas de manera diferente. Un consejo, sí, pero uno compuesto por todas las especies. Incluida la suya.

¿Sentarme en una de esas secciones iluminadas de rojo? ¿Vivir en esta torre, o en el mundo muy por debajo? Esto no sería la servidumbre del Coro, pero tampoco sería el hogar.

Lanzo una mirada a Malo y él me corresponde, firme y listo para aceptar lo que yo elija.

—Kaishi —interviene la voz de Viera—. Si tú no lo quieres, yo lo tomaré.

Eso hace que todos nos volvamos hacia la Lunare, que todavía tiene su minero apuntando al Amigga.

—¿Qué? —dice Viera—. Siempre dije que me gustaba conocer nuevos lugares. Sin ofender, Kaishi, pero si vas a volver a esos túneles, o a esa ciudad sudorosa tuya, yo preferiría quedarme aquí. Asegurarme de que los lagartos no se vuelvan demasiado hambrientos de poder.

—¿Lagartos? —sisea Evva.

Y me río. Me río porque Viera lleva una sonrisa arrogante que dice que está más que preparada para el desafío. Equipada con una actitud que le habría ganado una muerte rápida del Coro, Viera podría ser la voz que los humanos necesitarían aquí. Se aseguraría de que no nos mangonearan, de que la Tierra estuviera a salvo.

O molestaría tanto a todos que los Oratus se la comerían.

Hay muchos ojos mirándome. Muchos dientes, también. La luz roja dentro de la cámara, todo ese espacio de repente parece grande. Demasiado grande. Había pedido el destino y vino por mí, pero nunca lo elegí realmente. Aquí, sin embargo, mi propia vida, la de Viera y el papel de la humanidad en la galaxia en general dependen de una palabra de mis labios.

—¿Puedo tomar un momento? —digo, y es más suave de lo que pretendo, pero quiero alejarme, respirar y pensar sin todos los ojos.

Malo capta mi pensamiento y me toma de la mano, me guía hacia afuera mientras los Oratus conceden mi deseo con un siseo de asentimiento. Apenas me alejo del centro cuando Evva comienza otra tarea detrás de mí, así que no me siento tan apresurada.

—Gracias —le digo a Malo una vez que estamos afuera, de vuelta en el frío metal del anillo—. Era demasiado, allí dentro.

—Incluso las Emperatrices necesitan un descanso a veces.

Asiento y empiezo a caminar. Sin la amenaza de muerte o bajo la dirección exigente de Ferrolite, el nivel del Coro parece agradable. Las tropas de Evva —supongo— han tomado el control de la sala que controla todas las diversas pantallas, y las terminales han vuelto a su anterior cascada de imágenes de toda la galaxia. Los paisajes extranjeros, cubiertos de vistas heladas, llanuras rocosas y extensas junglas púrpuras, me calman. Me distraen de mis propios dolores persistentes.

—¿Estás preocupada por ella? —Malo aventura la pregunta después de que hemos recorrido un cuarto del camino.

—Siento que esta es mi responsabilidad. Nos traje hasta aquí, no es justo que me aleje.

—Creo que te has ganado ese derecho —La voz de Malo no suena como la de mi padre, pero es algo que podría imaginarlo diciendo—. Pensé que parte de ser líder significaba saber qué podía hacer tu gente mejor que tú.

—¿Crees que Viera sería una buena embajadora?

—No creo que nos dejaría morir —Malo ríe—. Ni que nos mangonearan.

—Me temo que no tiene la paciencia para ello.

—¿Cómo lo sabes?

Me detengo. Hemos llegado a la parte del anillo donde nuestra antigua habitación segura está a mi izquierda. La puerta está abierta, el panel verde, y a través de ella puedo ver el borde de la atmósfera azul de Aspicis. La pregunta de Malo es buena. He estado huyendo con Viera, en bastante peligro, pero el tiempo que pasamos dirigiendo Damantum antes de que llegaran los Oratus fue breve. Es difícil prestar atención a una amiga cuando estás aprendiendo todo sobre la marcha.

—Viera logró vivir con nuestra tribu por un tiempo —digo lentamente, tanteando la idea—. No logró ofendernos demasiado.

—Compara eso contigo —dice Malo—. Donde sea que vas, o se desmorona o es atacado.

—Oye.

Malo ríe y no puedo odiarlo por eso.

Volvemos al anillo central iluminado de rojo y le pregunto a Viera una última vez si está dispuesta a aceptar el trabajo. Su respuesta es un poco demasiado entusiasta, y provoca un suspiro de Ferrolite, que Viera recompensa con otro golpe de su minero.

—No puedes hacer eso con todos los que no te agradan, ¿sabes? —digo mientras Ferrolite se aleja flotando de ella—. Tienes que hablar con ellos.

—No creo que el nuevo gobierno haya comenzado todavía —responde Viera—. Cuando lo haga, seré amable. Lo suficientemente amable, al menos.

Incluso mientras pongo los ojos en blanco, mis pensamientos se dirigen a un lugar. El único que realmente importa.

Hogar.

POR UNA VEZ, Sax no está pensando en presas y depredadores. Sus garras no están levantadas y sus dientes no están listos para hundirse en un enemigo. No lleva máscara ni empuña mineros.

Relajado.

La palabra le hace reír, un siseo encantado que atrae una mirada de Bas, quien está de pie junto a él frente al escudo de varios metros de altura que muestra el espectáculo de luz rojo-púrpura que se expande ante ellos. Detrás y alrededor de los dos Oratus, abundantes especies diferentes están haciendo lo mismo; observando el espectáculo más grandioso de la naturaleza mientras los robots traen comida, bebidas y todo tipo de placeres a su lado.

Por encima y alrededor de Sax, un campo de amortiguación de sonido sirve para silenciar cada palabra que no provenga de la boca de su pareja, asegurando una experiencia mágica y privada. El viejo Sax habría encontrado estresante la incapacidad de oír lo que sucede a su alrededor; demasiado fácil acercarse sigilosamente a alguien cuando no pueden oírte venir. ¿El nuevo Sax? Al nuevo Sax no le importa.

—Creo que nunca te había oído reír así —dice Bas, y hay preocupación en sus ojos—. ¿Estás bien?

—Mira a nuestro alrededor —dice Sax, y señala a su derecha, donde Plake y Agra-Red se sientan en la siguiente plataforma circular. Más allá de ellos, Nobaa y Engee ocupan la suya, y los diversos Flaum, incluido Coorvin, se sientan más allá de Bas—. ¿Cómo no podría estarlo?

Una vez que lograron arreglar las cosas en Aspicis, Evva insistió en que todos ellos necesitaban irse y dejarla sola para resolver las cosas mientras varios embajadores, comerciantes y agentes de poder llegaban volando para reclamar su parte dentro de la nueva galaxia. Sax no quería participar en la política, y tampoco el resto del equipo mercenario de Plake.

—Estás cambiando —dice Bas—. Me gusta.

—Siempre seré un cazador —responde Sax—. Pero esto tampoco está tan mal.

Un robot flotando sobre microimpulsores entra en su cúpula insonorizada y desliza, usando algunos imanes precisos, una serie de cuencos llenos de extraños pudines, fideos y trozos de carne marrón-rojiza, todo cultivado en los propios jardines y laboratorios de *Nova*.

—¿Sabes cuándo fue la última vez que comí algo que no fuera papilla de nutrientes? —dice Bas mientras engancha uno de los trozos con su garra delantera derecha.

—¿No comiste ningún Flaum cuando tomaste el Meridia?

—Un poco de pelo no cuenta —ríe Bas, lanzándose el filete a la boca—. La última vez fue aquí, Sax.

Sax parpadea. Supone que eso también es cierto para él. Tanto tiempo consumiendo trabajos alimentados por papilla de nutrientes para los Vincere que había dejado de recordar las comidas. Ahora sigue el ejemplo de su pareja, agarra un trozo de carne ligeramente chamuscada y lo come. Jugoso, suave, real. Sax devora algunos más mientras Bas comienza a relatar cómo se conocieron, y Sax se da cuenta de que ahora tendrán todo el tiempo para el pasado, el uno para el otro.

La idea no lo asusta como lo habría hecho no hace mucho tiempo; su pareja es su propósito, y Sax aún no ha fallado una misión.

Frente a ellos, profundamente anidado en el floreciente rojo, un pequeño púrpura florece. Solo una mota, gas expandiéndose hacia el infinito. Algo nuevo en una nube estelar más antigua que todos los ciclos que el Coro jamás vio.

CAPÍTULO 25

LO VIEJO SE HACE NUEVO

DAMANTUM NO ES COMO lo dejé. Hay mucho más metal aquí, para empezar, y el cielo ya no es de un azul claro porque está repleto de tantas naves.

Estoy de pie en el Vaos, ese templo dorado en medio de mi ciudad y una de las pocas estructuras que quedaron intactas después de que los Sevora iniciaran su guerra. No estaba aquí cuando sucedió, pero he escuchado de mi propia gente que formas oscuras aparecieron en el cielo, seguidas por brillantes lanzas de energía ardiente que atravesaron hogares, muros y palacios por igual. Los Charre, mi pueblo adoptivo, huyeron de la ciudad en todas direcciones y muchos no han regresado desde que, con la ayuda de los Vincere, expulsamos a los Sevora.

—Estás frunciendo el ceño —dice Malo. Está a mi lado, observando mi rostro mientras el viento sopla mi cabello sobre mis ojos—. ¿Qué sucede?

—Nada. Solo pienso en lo que pasó y en lo que viene.

El futuro está por todas partes frente a nosotros, bajando por las numerosas escaleras del Vaos y extendiéndose sobre una ciudad en construcción. Algunas de las reparaciones parecen familiares, pero la mayoría son extrañas, con multitudes de humanos observando mientras los Flaum y otras especies demuestran las tecnologías que llegan en todas esas naves. Viera nos envió un aviso de que recibiríamos una sorpresa poco después de que Malo y yo, gracias a Plake y su reluciente nueva nave Vincere —al parecer había pertenecido a un Chorus Amigga— llegáramos a casa. Después de descender con nosotros, T'Oli se había escabullido con un grupo de comerciantes que lo recibieron y partió en busca de Vee, señalando que probablemente no era buena idea dejar que un Oratus rebelde vagara libre por mucho tiempo.

Mientras Evva y el nuevo liderazgo de los Vincere resolvían sus asuntos, muchos planetas y grupos querían participar en lo que ahora era una galaxia completamente abierta. Los recursos y la expansión eran la nueva tendencia, y la Tierra tenía mucho de lo primero, con posibilidades para lo segundo. Como resultado, ya me habían invitado a una docena de cenas a bordo de varios cruceros y me habían ofrecido todo tipo de extraños sobornos.

Los había rechazado todos.

—¿Crees que toda esta generosidad derretirá tu corazón? —dice Malo—. Realmente lo están intentando.

Otra oleada llegó en forma de donaciones, de personal que venía con herramientas y oficios para enseñar a mi gente, y a los Solare y Lunare en las selvas y montañas, sobre todas las formas en que sus propias vidas podrían ser más fáciles. No me consultaron sobre nada de esto, pero con nuestro ejército aún en ruinas y mi propio apetito por la lucha hace tiempo desaparecido, no me opongo a un poco de caridad.

—Les va a tomar mucho tiempo. —Pongo mi mano sobre el altar junto a mí. Todavía hay rojo allí, una mancha de un estilo de vida que se desvanece, pero no más sacrificios. Animé a los sacerdotes a adorar a Ignos, pero sin el derramamiento de sangre. Unidad, cooperación. Intentaríamos eso y veríamos cómo nos trataba nuestro dios—. Y no me importa. Si todos están ocupados con los visitantes, entonces no me hacen preguntas.

Malo ríe, sacude la cabeza, y observamos cómo Ignos se inclina hacia el horizonte.

—Me pregunto cuánto durará esto —dice Malo después de un minuto.

—¿Cuánto durará qué?

—Todo ya está cambiando, Kaishi. No pasará mucho tiempo antes de que los Charre decidan que no necesitan una Emperatriz, ni guerreros. Seremos parte de todo... esto.

El viento se intensifica en la cima del templo y disfruto la brisa. Demasiado tiempo respirando aire artificial, con el zumbido de un ventilador detrás de cada ráfaga. Ahora percibo especias, el olor a pan horneándose y, sí, un poco de esa corriente que hace cosquillear la lengua de electricidad ardiente.

—¿Después de todo lo que hemos pasado, te preocupa un pequeño cambio?

Malo me mira, con la comisura de su boca elevándose. —Supongo que suena estúpido, ¿verdad? Es solo que apenas hemos llegado a casa, y ahora la estamos perdiendo de nuevo.

—Está cambiando Malo, pero sigue aquí. —Doy un paso bajando desde la cima—. Ven, puedo oler esos pimientos cocinándose.

———

Los muertos pertenecen a Riven. Los vivos a la Tierra.

Pero mientras la guerra llena Riven hasta reventar, Carver debe encontrar una manera de mantener esas líneas claras, o no habrá mucha diferencia entre los mundos por mucho tiempo.

Comienza una nueva aventura de fantasía con *Riven*:

AGRADECIMIENTOS

El Último Ciclo cierra la serie más larga que jamás he escrito, compuesta por seis novelas y un par de nouvelles. Es fácil decir que estas historias son el producto de una imaginación hiperactiva y que el único requisito para contarlas era sentarse frente a un teclado y escribir.

Escribí esta serie en múltiples países, en playas y en laderas de montañas. En aviones y en bares, restaurantes, cafeterías y en los rincones de bibliotecas. Todos esos momentos llegaron con la ayuda de otros, desde mi esposa y su infinita paciencia con mis escapadas a otros mundos, hasta los baristas preparando espressos o la azafata que cuidadosamente me pasaba agua entre los asientos durante las turbulencias para no derramar nada sobre mi computadora.

En resumen, una serie como esta requiere tiempo y esfuerzo, no solo del escritor, sino de aquellos que ayudan a darle al escritor el tiempo y el espacio para, bueno, escribir. Así que, gracias, porque sin vuestra ayuda, nunca habría conocido a Kaishi, ni viajado por las estrellas con Sax y la Sevora.

SOBRE EL AUTOR

A.R. Knight teje historias en una casa helada en Madison, WI, principalmente propiedad de un par de gatos. Después de verse atrapado en la rutina laboral durante la crisis económica de 2008, se encontró surcando el espacio y viviendo grandes aventuras durante las reuniones aburridas.

Eventualmente, después de dedicar tiempo a podcasts, guiones, relatos cortos y otras novelas, encontró una historia en la que pudo sumergirse y un elenco de personajes tanto entretenidos como llenos de corazón.

A.R. Knight planea saltar a otros mundos y encontrar nuevas historias que contar en los límites infinitos de nuestra imaginación.

¡Gracias, como siempre, por leer!

Para más información:
www.blackkeybooks.com

Para Blanche y Don